ラルーナ文庫

にょたリーマン！

～スーツの下のたわわな秘密～

ウナミサクラ

三交社

CONTENTS

Illustration

猫の助

にょたリーマン！

～スーツの下のたわわな秘密～

本作品はフィクションです。
実際の人物・団体・事件などにはいっさい関係ありません。

俺は、夜道を走っていた。
急な階段の段板は狭くて、今にも足がもつれて、転げ落ちそうだ。
でも、止まるわけにはいかない。
——追いつかれる。
そう、わかっているからだ。
冷や汗がこめかみから首筋までたれていく。
息が苦しい。
一体この階段はどこまで続くんだ？
左右には赤い柱が、階段を囲んでずらりと立ち並んでいた。
鳥居だ、と。
ようやく俺はそこで気づく。
びっちりと。
壁のように。
細い階段を挟んで、駆け下りても駆け下りても駆け下りても、立ち並ぶ、赤い鳥居。

闇夜《やみよ》のなかだっていうのに、その赤さだけが、なぜかはっきりと俺の目に映る。
それから。

——『許サナイ』

生ぬるい風に混じり、耳元で聞こえる。声。
こんなに駆け下り続けているのに。
振り払えない。
その声の主を、振り返って確かめることすら、ただ、恐ろしくて。
『許サナイ……ナンテ、許サナナイィ……許サナサササナナナサナナイイイィィ』

ひたり。と。
冷たい指が、俺の首に、触れた。
——背後から。

「うわあああああっ!!…………あ……、…………」

自分の叫び声で、目が醒《さ》めた。

しばらくは、なにがどうなっているのかわからなかった。

全力疾走した後みたいに、心臓がバクバクとうるさい。必死で深呼吸しながら、触れた額は汗でびっしょりと濡《ぬ》れていた。

「水……」

喉《のど》がカラカラだ。

夢のなかだっていうのに、まるで本当にさっきまで走ってたみたいに、汗だくで疲れ切っている。

この夢を見るのは、初めてじゃない。

もう何度目だろう。

子供の頃から、風邪《かぜ》気味のときとか、落ち込んでる夜に限って、繰り返し見る夢。そのたびこんなふうに、ぐったりとくたびれて目が醒める。

追いかけられている場所も、いつも同じ。地元の神社だ。

といっても、本当はあんなに長い参道があるわけじゃない。いいとこ二、三十段ってとこの、マイナーな小さなお社だ。お祭りとかも、とくにないくらいの。

子供の頃は、そこらで追いかけっことかして遊んだことはあるけど……別に、追い回された記憶なんてないんだけどな。

ぼんやり、台所でグラスを持つと、水道の水をなみなみと注いで、一気にあおった。

渇いた身体《からだ》には、ぬるい水でもたまらなく美味《うま》い。

「はー………」

シンクに両手をついて、思わずため息をついた。

頭がぼんやりと重いし、なんだか全身がギシギシ痛む。

久しぶりの悪夢のせいもあるけど……いや、どちらかっていうと、酒のせいだろうなぁ。

誕生日の前日だからって、ゆうべ、同僚たちと飲みすぎた。

二日酔いかなぁ。ウコン飲むの忘れてたし。あ、でも、あれって、それほど効かないいんだっけ？

「ま、いっか……」

呟《つぶや》いて、思わず、俺は喉に手をやった。

なんだか、声がおかしい。

まぁ、酒のせいで掠《かす》れるってことはよくあるけど。
でもこれは、どっちかっていうと、高く聞こえた気がする。
「ん、ん？　あーーー」
軽く咳払《せきばら》いしてから、長く声を出してみる。
……んー、気のせい、か？
ただ、この具合の悪さからいったら、風邪をひいた可能性はあるよな。
ヤバいな。納期もあるし、会社、休めないんだけど……。
…………ん？
「…………なんだ、これ」
思わず、驚きが口から出た。
ただそれは、予想外に静かな声だったけど。
あれだ。
人間、驚きすぎると、針が振り切れるみたいに、かえって冷静になるのかもしれない。
いや、え、冷静か？　どうなんだ？　わからないけど。
ただ、とにかく。
なにげなく触れた俺の身体。とくに、その、……胸。

そこには、二つの、なんか柔らかい肉があった。

肉っていうか、その。

「……おっぱい」

ヤバい。

口に出すとますます、非現実感が増すっていうか。

いやいや、ないだろ、って思うのに。なんだこれ。手のなかで、ぽよんぽよんしてんだけど。っていうかこんな柔らかいもんなのか、おっぱいって。気持ちいいな。いや違うそうじゃなくて。

俺……高瀬嵐《たかせらん》は、あくまで、二十六歳のサラリーマンだ。

たしかにどちらかといえば女顔で、目は大きい。そして、背は低め（といっても、百六十二センチはあるんだぞ）だ。

でも！　だからといって！　決して!!

こんなおっぱいはなかった!!

「え？　もしかして、あれか？　入れ替わってる系な!?」

それにしたってわけわからないけど、俺は思わず洗面所に飛び込んで、鏡を見た。

「って、暗いし！」

自分で自分に突っ込んで、スイッチを入れる。

……でも、いざとなると、逆に怖くて。

おそるおそる、俺は、鏡を見た。

「………」

顔の造作は、そこまで変わってない。

二重の茶色の眼。卵形の顔。小さめの鼻と、ちょっと分厚めの唇。

似てる動物は、レッサーパンダとか、昔言われたことがあるけど……あそこまで間抜けっぽい顔だとは、自分では思いたくない。それはさておき。

「……俺、だな。うん」

ちょっとだけ……華奢《きゃしゃ》な印象になったかなぁ、くらいだ。

髪型もそのままだし。

じゃあ、ほんとに、ただ、おっぱいがついただけ？

それと……。

ゴクリ、と俺は唾《つば》を飲んだ。

確認……したくない。したくはないが、でも…………！

「…………ええいっ！」

ままよ！　とばかりにパンツを下ろした。
そこには、やっぱり。
長年連れ添った、俺の相棒の姿は、……なかった……。
「…………」
絶句。
……しか、なかった。
おっぱいがある、というのは、まだ、いいんだ。
なんか、ちょっとだけ、得かもしれないし。おっぱいに罪はない。
でも。
……アレが。あいつが、『ない』というのは。
「……う、っそだろ……」
俺はずるずるとその場にへたり込んだ。
足に力が入らない。というか、全身に力が入らない。
叫ぶ気力すら奪われていた。

――俺は、『女の子』に、突然、なっていた。

「おう、高瀬来たか。電話受けたから、メモ確認しておけよ」

「あ、はい。ありがとうございます」

課長に挨拶《あいさつ》をして、デスクについて。

「ゆうべ、おつかれー。大丈夫だったか？」

「あ、うん。ありがとな」

「高瀬くん、おはよう。小口の領収書と精算書、今日提出してね」

「はい」

同僚に挨拶をし、お局様の指示に頭をかく。そういえば、今日までだったっけ。

起動したPC画面でメールチェックをすれば、何件も返信待ちがたまっている。明日にはレビューもあるし。

やっぱり、とても休んでなんていられない。

いつものように、座る前にスーツの上着を脱ぎかけて……慌ててやめた。

ちょっと待て。シャツ一枚でなんて、いられるわけない。

背中を丸めて、前屈《まえかが》みになることで、なんとか胸を誤魔化《ごまか》してるってのに……。

「……なんか、顔色悪いね。二日酔いとか？」

こんなときに限って、同じチームの北村《きたむら》さんが声をかけてきたりして。

普段はどちらかといえば、自分から話しかけてきたりなんかしない人なのに、珍しい。

まぁ、それくらい、俺の調子が悪そうなのかもしれないな。実際、悪いし。

「そう、なんです。ちょっと、飲みすぎちゃって……すみません」

誤魔化すための引きつり笑いを浮かべて、俺は机の上のメモや書類に手を伸ばした。

さっそく受電メモを見て、またため息が出る。うー、この取引先の人、苦手なんだよなぁ。しかもバグクレームっぽい……。

マジ、誕生日だってのに、なにもかも最悪すぎだった。


とにかく、午前中はなんとかデスクワークをこなした。

午後はこれから取引先に出て、直帰させてもらおう。

ただ、でも……これから、どうしよう。

それを考えると、目の前が真っ暗になる。

突然自分が女の子に。

中高生の頃なら、一度くらいは考えたことはあるし、漫画でだって何度か読んだことはある。だけど、実際それが起こったら、冷静に対処なんてできるわけがない。

実際、トイレ行くのだって苦労してんだこっちは!!

いちいち個室使わないといけないし、それに、その……。

ど、童貞なんだよ悪かったな!!　どう拭《ふ》けばいいのかも、一瞬戸惑う始末なんだよ、もう!!

本当に。

なんだって、こんな目に…………。

朝から何度目かわからない、重いため息を思わずついたときだった。

「おい、高瀬。昼飯まだか？　……どした？」

「……将成《しょうせい》」

聞き慣れた、ちょっと掠れたハスキーな声に、俺は思わずすがりつくように顔をあげた。

どうやら俺は、よっぽど必死な表情だったらしい。

将成は軽く眉《まゆ》を動かし、「お？」と肩をすくめてみせた。

「……どっか、外で食べよっか。おいで」

「ん」

頷《うなず》いて、席を立つ。

背中を丸めて、うつむいたまま。

――ただ、将成の背中を追いかけて、歩き出した。


山野《やまの》将成は、俺にとって、四歳年上の、兄貴みたいな存在だ。

山梨の実家が近所で、幼い頃からずっと一緒に育ってきた。

東京に出て、プログラマーとして、システムインテグレーター系のこの会社に入社したのも……ぶっちゃけ、将成がいたからだった。

将成のことを、一言で表すとしたら、『頼れる兄貴』。

まず男っぽいイケメンだ。背も高くて、がっしりした身体つきしてて。

顔つきだって、男らしい。たまにゴリラっぽいとかからかわれてるけど、だとしたら相当なイケメンゴリラってやつだろう。

太めの眉と鼻筋が通った高い鼻が力強いし、大きな口と広いおでこは、頼りがいを感じさせる。

その上性格は優しくて、力強い包容力もあって、賢いのに、やんちゃなところもある。

まぁようするに、男なら誰《だれ》だって憧《あこが》れちゃうような、そういう存在だ。

今だって、将成はすでに小規模なプロジェクトマネージャーを任されている。年齢からすると、とんでもない出世だ。だけどそれをかけらも自慢したりしない。今もこうやって、ヒラ社員の俺を気にかけて、昼飯に誘い出してくれたりする。

将成が連れてきてくれたのは、駅の近くに建つビルだった。そこの一角はカフェになっていて、あたりの景色を見ながら軽食が食べられる。

ラッキーなことに、今日は人も少なくて、すぐ座れた。高い空を見上げると、少しだけ、気持ちも晴れるみたいだ。

「はい」

差し出されたトレイには、俺の分のホットコーヒー。脇《わき》には、ポーションミルクが二つついてる。いつも俺がそうするから。サンドイッチも、俺の大好きな卵チキンが乗っていた。

「ありがと。いくらだった？」

「忘れたから、別にいーよ」

将成はこともなげに言うと、自分の分のホットドッグに、さっそく大きな口でかぶりついていた。

ほんと、こういうとこ。全部、優しくて、敵《かな》わない。

小さいときからずっと変わらなくて。

それこそ、もし俺が女の子だったら、絶対惚《ほ》れてた。……それで、フラれてたろうな。

だから、女じゃなくてよかったって、ぶっちゃけ思ったこともあった。

まさか、本当に、女になるとは予想外だったけど。

「………うま」

卵チキンのサンドイッチに口をつけてから、俺は小さく呟いた。

そういや、朝からなんにも食べてなかった。

「嵐」

無心にサンドイッチを頬張《ほおば》る俺に、将成が声をかける。

——社内では一応、高瀬って呼ぶけど。普段は、嵐って呼び捨てだ。俺も、一応、山野さんって呼んでる。

なのにさっきは、思わず将成って、口にしちゃって。

だからなおさら、俺を心配してくれたんだと思う。そういうとこ、ちゃんと気づいてくれる奴だから。

ほんとに、かっこいい。

「……なに?」

「今日、誕生日だったよな」

「あ……うん。もしかして、これ、誕生日プレゼント？」

サンドイッチとコーヒーを示して言うと、「んなわけないだろーが」って笑われた。

「どっか、飯行こって思ってたんだよ。でも、なんか具合悪い？」

将成が、じっと俺を見つめる。その瞳《ひとみ》は優しくて、信頼できるって、素直に思える。

「……」

なんか。ぐって、なった。

鼻の奥が、つーんてする。

朝から続いてた絶望のなかに、ようやく光が見えた、みたいな。

そんな感じだったんだ。

大丈夫。きっと、将成なら、なんとかしてくれる。

俺のこと、助けてくれる。

だって、今までもずっと、そうだったんだから。

「お、おい、嵐？　どうしたんだよ～」

涙をこらえて唇を噛《か》んだ俺に、将成がおろおろと狼狽《ろうばい》する。そりゃそうだよな、わけわかんないと思う。

だから、ちゃんと、話すから。

「……飯じゃなくて、将成の家、行っていい？　相談したいことが、あって」

「相談？」

「うん」

「……それは、深刻なやつ……だよな？」

この様子からすると、と将成は自分のがっしりした顎《あご》を撫《な》でて、小さく唸《うな》った。

「……うん」

もう一度頷く俺の頭を、今度はぽんぽんと軽く叩《たた》いて。

「わかった。じゃ、今日は俺んちで、家飲みしような」

そう、あったかい笑みを浮かべてくれたんだ。


「お邪魔します」

将成の家の玄関で、俺はそう口にしてから、靴を脱いだ。

「はいはい、どうぞ。……ったって、どうせ俺ひとりなのに、律儀だな」

「そうだけど、なんとなく」

親が挨拶にはえらいうるさかったから、無意識なんだよな。

実際、しないと気持ち悪いし……。

「えらいえらい」

揶揄《やゆ》ではなく、優しくそう口にして、将成は部屋に通してくれた。

上京してからずっと住んでいる、1LDKの単身者用マンション。大きめの公園がすぐ近くにある二階の角部屋で、風通しもよいし、窓から緑が見えるとこがいい。

いつもきちんと片付いているせいもあって、俺の家より居心地がいいくらいだ。

「窓、開けていい?」

「いいよ。今日、ちょっと蒸すよな」

「うん。……はー……気持ちいい」

窓を開けると、夜風が心地よかった。軽く見上げた空は、真っ暗でなにも見えない。こんなところも、故郷とは違う。

「どうかした?」

「んー……星、見えないなって」

「そりゃ、東京だからな。今更どうしたんだよ」

「うん……」

落ち込んでるせいか、妙にセンチメンタルなのかもな。

そんなこと、気にしたことなかったのに。

「嵐。ほら、貸して」

ハンガーを手に、将成が促す。

「あー……上着？」

「そ。シワになるぞ」

「……………」

将成の言うことはもっともだし、いつもならすぐに俺だって脱ぐ。

だけど、今日はまだちょっと、……やめときたい。

「後でで、いい」

ハンガーだけ受け取って、そう答える。将成はさほど訝《いぶか》らずに「そっか」と流してくれた。

「じゃ、俺着替えてくるわ」

「うん」

隣の自室に、将成は一度引っ込む。スーツを脱いで、Tシャツとバスパンに着替えて戻るまで、俺はなんだか、ぼうっと窓の外を見ていた。

いつもの、将成の部屋。見慣れた景色。

なのに、全然、現実感がない。

こっそり、自分の胸元を触ってみた。相変わらず、ふにゅふにゅとした感触がちゃんとあって。

やっぱり、夢じゃないんだなぁって……もう、ため息しか出ない。

「ビールでいいよなー」

振り返ると、将成が小さめの冷蔵庫から、発泡酒を二缶片手でまとめて取り出してるとこだった。そのまま、リビングのローテーブルに並べると、キンキンに冷えた缶の表面から、かすかに白く冷気が立ち上ってた。

「ありがと」

もそもそと、ローテーブルの前に置かれたクッションに座る。胸が目立たないように、背中は丸めたままで。

「あ、嵐。これ、誕生日プレゼント」

ビールの隣に差し出されたのは、白い包装紙に細い黒いリボンで飾られたプレゼントだった。シンプルだけど、見るからに高そうな感じ。

「ありが、と。……あけていい？」

「うん」

将成が缶ビールを開けてる間に、リボンをほどいて、包装紙をとる。小ぶりな白い箱のなかには、黒いシックなラベルの貼《は》られた、キャンドルが一つ。

「アロマキャンドル？」

「うん。それ、落ち着くやつだから。今日とか、ちょうどいいかもよ」

「将成、好きだもんな」

恥ずかしがって、おおっぴらにはしてないけど、アロマ系のキャンドルとか入浴剤は、将成の趣味の一つだ。いい匂《にお》いがするものが好きっていうのは、まぁ、わかるけど。

どんな匂いなのかなって、くんって嗅《か》いでみたら、将成が。

「今点《つ》けてんのと、おんなじやつだよ」

「あ、これなんだ。……いい匂い」

そういや、さっき帰ってすぐ、火点けてたっけ。

甘すぎなくて、爽《さわ》やかな感じ。オレンジとか、そういうのっぽい。

「気に入った？」

「うん。けっこう、好き」

「よかった」

ふわって、将成が笑った。

……たしかにこの匂い、落ち着けるかも。

「……けど、さ。こういうの買うときって、恥ずかしくないの？」

「プレゼント用って顔してれば、平気だし。でも、あれだぞ？　ストレス社会において、香りの力は馬鹿にできないんだからな？」

「まぁ、そうかもしれないけど……」

ストレス社会って言葉が、妙にリアルに聞こえる。

もしかして、俺のこの状態も、ストレスっていうやつなのかな。

ストレスによる変身、とか。

……いや、やっぱ、あるわけない。

「で、どした？　会社で、なんかあったのか？」

「え？」

「俺に相談するってことは、そういうことなんだろ？」

「あ……」

俺に缶ビールをすすめて、将成が小首をかしげる。

冷たい缶を受け取って、少しだけ口にしたものの、今の俺にはそれは苦いばかりだ。

もしかして、味覚もちょっと、違うのかな。いや、気持ちの問題か？

「ええと……仕事とは、違うんだ」

そんなことより、もっと、根源的な。

……もしかしたら、将成にすら、受け入れてもらえないかもしれない、的な。

ああ、やだな。そう思うと、すっと背筋が寒くなる。

無意識に、右手でとんとん、と自分の心臓の上あたりを叩く。緊張したときの、俺の癖。

……だけど、今はその感触も、違う。ぐにゃんって、柔らかい。

ゴクリと唾を飲み込んで、俺はまた、口を開いて言葉を続けた。

「仕事のことも、相談したいことはあるけどさ。まぁ、でも、そっちは、……なんとかできると、思うし」

「ふぅん……じゃあ、あれか？　好きな子でもできた、とか」

「違う」

そんなことなら、どんだけよかったか。

リラックスさせようとして言ってるんだろうけど、なんだか妙に腹がたって。

顔をしかめ、俺は捨て鉢に言った。

「もう、いいよ。……見たら分かるから」

がばっと上着を脱いで、将成に向き直る。

白いシャツが、俺の身体のラインにそって緩やかなカーブを描いているのが、一目でそうとわかるはずだった。

「……ほら」

将成は、どんな反応をするんだろう。

唇を噛んで、ぐっと顎を引いて。俺は、目を伏せた。

とてもじゃないけど、まっすぐ顔なんか見られない。

「嵐……？」

将成の声が、戸惑ってる。

そりゃそうだよな。

俺だって、自分が将成の立場なら、大困惑するしかない。

「えっと……太ったか？」

「……違う」

「だよな。……あのさぁ、それ……」

「………」

こうなったら、破れかぶれだ。

俺は、無言のまま、胸のボタンを、三つ目まで外した。

ブラジャーもしてないけど、そこまで開けば、胸の谷間が覗《のぞ》くはずだ。

「……胸？　なのか？　それ……」

小さく、俺は頷いた。

「今朝《けさ》、起きたら……なんか、女に、なってて……」

「……なんで？」

「なんでって、そんなの、俺が知りたいよっ！」

「妙なもん食ったとか……」

「ゆうべは、ただのチェーン居酒屋の飯だってば」

第一、それなら他の奴だって、女になってるはずだろ。

でも、それとなく昼間観察した感じ、俺以外の誰も、女になんて変わってなかった。だから、食べたり飲んだりしたものじゃない、というのは確かだ。

「ああ。同期飲みだったんだっけ？」

「そう」

ため息をついて。俺は、ぐいっと目元を拭《ぬぐ》った。

「心当たりなんて、全然ないよ。せいぜい、やな夢みたくらい。でもそれも、前からずっと見てるやつだし」

「あれか？　裏山の神社で、おっかけられてるっていうの」

「そう。久しぶりに見たのは、覚えてる。でも……ただの、夢だぜ？」

「そうだよなぁ」

将成も、ため息をついて、ぐしゃぐしゃと頭をかいた。

「……ごめんな」

わけ、わかんないよな。

当人である俺だって、そうなんだから。

将成にとっては、なおさらだ。

「なぁ、嵐」

「なに」

「その、身体……痛いとかないのか？　ちゃんと、感覚もあんの？」

「そりゃ、あるよ……」

しげしげと、将成が俺の身体を見つめてくる。

心配半分、好奇心半分ってとこ、なんだろう。

……っていうか、視線の先が……明らかに、俺の胸なんだけど。

ったく……。

「触ってみるか？　案外、柔らかいし、でっかいぞ。俺の胸」

まぁ、将成なら、いい。

同じ男だしさ。興味あるの、わかるもん。

身体はどうであれ、俺は男だし。別に、なにかおかしなことになるわけじゃない。

「え、いいの？」

「まぁ、日頃世話になってるから……おっぱいぐらい、触らせてやってもいいよ。減るもんでもないし」

「あはは、ありがと。……じゃ、失礼してっと」

将成が立ち上がって、俺の背後に回る。背中から抱きかかえられるような格好。

……たしかに、お互い顔が見えるのもどうかって思うし、ちょうどいいか。

「あ、ほんとだ」

「わっ！」

いきなり両手で胸をわし摑《づか》まれて、思わず突拍子もない声をあげてしまった。

いや、だって、あのなっ！

「ちょ、いきなり……っ！」

「あ、悪い悪い。もっと、優しくな」

「……う、うん」

将成の、おっきな手が、俺の胸を下からすくい上げるようにして持ち上げる。

「たしかに、けっこうでかいな」

「だろ？」

「それに、柔らかい。っていうか、お前の身体全体、柔らかい感じ」

「……へ、へぇ」

……なんだ、これ。

なんか、将成の掠れた低い声が、耳のすぐ近くでするのが、なんか……くすぐったいっていうか……。

ドキドキ、する。

それに。

「自分で、触った？」

「……うん」

正直に答えたけど。でも。

自分で触るのと、他人に触られるのって、なんか、……全然、違う。

ワイシャツ越しなのに、手のひらも、指も、あっつくて……。

「まぁ、触るよなぁ。……こんな、エロいおっぱい」

「や、ッ」

くくって、喉の奥で笑われて。

かあって、顔が熱くなる。

「エロい、とか、……失礼、だろっ」

「褒めてるんだけどなぁ。……それに、本当のことだし」

「ひゃ、ぁっ」

──な、なに、今、のっ。

くり、って。

将成の指先が、不意に、俺の乳首を押しつぶした瞬間、……びりびりって、痺《しび》れた。

「乳首、ちゃんと感じる？」

「ち、ちがっ……ちょっと、驚いた、だけで……」

「そうなんだ？　でも、ちゃんと立ってる」

「……ぇ、ぁ、っ！」

今度は、指二本で挟んで、弄《いじ》られて。

な、に……これ。なんで？　……びくびくするほど、感じてる……俺。

乳首だけ、なのに。

女の子の身体って、こんなに、感じやすいもんなのか？

「ぁ……や、め……、……」

「んー？　……胸おっきいのに、乳首は小さいんだなぁ。可愛《かわい》い」

「ひゃ、ぅっ」

まずい、って。

弄られるにつれて、どんどん、胸が敏感になってる気が……する。

全体に揉《も》まれるだけでも、もう、気持ちよすぎんだよっ。

それに……。

「ま……将成」

「ん？」

「あんま、……耳元で、喋《しゃべ》んな……」

「耳元って……ああ」

納得するなり、ふぅっと息を吹きかけられて。

「や、んっ♥」

ぞくぞくぞくって。全身、震えて。なんか、すげぇ声、出た。

今のって、俺の声？

なんか……めっちゃエロい。は、恥ずかしい……っ！

「可愛い声。……もともと高いけど、やっぱ、高くなってんな」

「ちょ、も、もお！　遊ぶなって！」

「遊んでないって。あえていうなら、実験？」

そう、言うなり。

じんじんするくらい敏感になってる乳首を、両方いっぺんに、将成の指先がひねりあげる。

「あ、ぁッ」

痛い、のに。

気持ちよくって、もう、……溶けそう。

「胸だけで、イっちゃいそうだなぁ……」

「ふ、ぁ……あ、……っ」

やだ、って思うのに。

振りほどけない。それくらい、感じすぎ、ちゃう。

「男より、女のほうが、セックスは気持ちいいっていうけどな。……どう？　嵐。男の身体と、やっぱ、違うもん？」

「ぜ、……全然、ちが、う、…………気持ち、よす、ぎ……る、からぁ……」

「……ふぅん。やっぱり、そうなんだ。ここ、いい？」

「やぁんっ！　も……乳首、いじっちゃ……や、……ぁ……っ♥」

あんまり将成が弄るから、白いワイシャツ越しにもくっきりと形がわかるくらい、乳首は硬くたってて。自分で見ても、めっちゃ、エロい。

身体は勝手に、もじもじ動くし。それなのに、全然、自分の意思なんかじゃ動かせない。

正直いって……今までしたオナニーとか、そんなんとは、全然、比べものになんない。

気持ち、よすぎる……っ。

「……あのさぁ。やっぱり、ちんこもないんだよな？」

「え、……ッ！」

する、って。

もじもじと膝《ひざ》をすりあわせて、閉じてた内股《うちまた》の間に、簡単に将成の手が滑り込む。

そのまま、スーツのズボン越しに、指先が俺の股間《こかん》をなぞりあげ、て。

「――ッ!!」

やば、い。

今までで、一番、すっごいの……!

「――や、だめぇっ!!」

「わっ!」

さすがに両手で将成の手を押さえつけて、俺は涙目で振り返った。

「そ、そこは、いいって言ってねぇっ!」

「あ……そっか」

将成はそう言うと、おとなしく手をひいた。

「人のこと、お、おもちゃに、すんな……っ!」

身体中が心臓になったみたいに、ドキドキ、してる。

かっこ悪いって思うのに、泣きそうだ。

「してないって。ただの、興味本位で」

「同じだ! っていうか、なお悪い!」

「あ、そっか。いやだってさー、可愛かったから、つい、止まらなくなっちゃって」

よしよしって、頭を撫でられて。くそぅ。余計、泣けてくるじゃないかっ。

「あほ！　ちかん！」

「そうだなー。ごめんな、ほんと。よしよし」

「……もぉ、触んなよ」

「わかった。約束する。……だから、許して？」

小首をかしげて、将成がじっと俺を覗き込んでくる。

なんかちょっと、甘えた顔つきして。……そんなことされたら、怒れないの、知ってるくせに。畜生。

「……わかった。許す」

もともと、触ってもいいって言ったの、俺だしな。

「ん、ありがと」

にこって笑って、将成は立ち上がると、またテーブルの向かい側に戻った。

背中にあった熱がなくなって、不意に寂しい気がしたけど……いやいや、そんなワケあるか。

「どうした？　嵐」

「なんでもない！」

「まぁ、本当に女の子の身体になってんのは、わかった。……ただ、このままじゃ、困るよな」

「……うん」

そうだよ。それなんだよ。

ドキドキしすぎて一瞬忘れかけていたけど、問題はそこで。

なんでこうなったのか……より、むしろ。

これから、どうするのか……なんだよな。

「仕事とか、クビになったりするのかな……」

別に、男じゃなきゃできない仕事ってわけじゃないけどさ。

就職時は「男性」として契約してるわけだし……途中で性別が変わるとか、今時、ないわけじゃないだろうけど……。

「それは、困る」

予想外な強さで、ずばっと将成が言う。

「俺はまだ、お前にいてもらわないと困るんだから。……いつか、もっとでっかい仕事、一緒にするって、約束だろ」

「……将成……」

ちゃんと覚えててくれたんだ、その約束。

入社してすぐ、決めたんだよな。

いい年して、子供みたいだって思われそうだけど、俺は本気だったから。……将成も、本気でいてくれたってことが、嬉《うれ》しくて。

「ありがと……」

さっきのとは違う涙が、また、目の縁に滲《にじ》んでくる。

ああ、もう。困る。

これも女の子になったせいなのかな。

俺、普段はここまで、涙もろいわけじゃないのに。

「……もう、全然、なんにも、わかんなくて……。目の前、マジで真っ暗だったんだ。こんなこと、将成にしか言えないし……。なぁ、俺、どうなるのかな。なんか、病気とか、なのかな……」

「嵐」

将成が、力強く俺の名前を呼ぶ。

顔をあげると、まっすぐに、将成が俺の目を見つめていた。

——将成の目のなか、情けない顔した俺が映ってる。

頼りない、女の子になった、俺が。

「大丈夫。なんとか、なる。……いや、するから」

「……」

「一緒に、なんとかしよう。な?」

「……うん」

唇が、勝手にわななく。

どうしようもなくこぼれた涙を、将成の指が拭ってくれた。

「我慢すんな。泣いていいから」

「……ん……」

手渡された、柔らかいタオル。それに、思いっきり、顔を押しつけた。

せめて、泣き声がもれないように。顔が、見えないように。

「……っく……ひ……ぅ……っ」

怖かった。

ほっとした。

この先、どうなる?

もう、わけがわからない。

ぐちゃぐちゃになっていた感情が、涙になって、溢《あふ》れ出すみたいだった。

頭が痛くなるくらい、泣いて、泣いて、……ようやく、落ち着いて、俺は顔をあげた。

「平気か？」

「……一応……」

涙活とかいうの、あるって聞いたことある。

泣くのはストレス解消に効くっていうけど、本当かもしれない。

少なくとも、なんか……すっきり、した。

「目、真っ赤。ほら、これ、さしとけ」

「ん」

手渡された目薬をさすと、めちゃめちゃにしみる。

「痛い、これ」

「スッキリするんだよ。……で、これ」

次に見せられたのは、タブレット端末の画面。

そこには、『胸潰《むねつぶ》し』という商品が表示されていた。

「え、なにこれ！」

「検索したら、でてきた」

『パワーネットで胸を潰す』『メッシュ加工でさらさら』等、今の俺には胸躍る宣伝文句が並んでる。

「せっかくのおっぱいなのに、ちょっと、もったいないけどな」

将成が呟く。そんなこと言ってる場合か！

「値段も、そんなに高くないし……買う買う！　絶対買う！」

「そう言うだろうと思って、買っといた。あと二時間くらいで届くよ」

「え、あ、ありがと」

俺が泣いてる間に、そんなこと手配してくれてたのか。

さすが、仕事が早い……。

「でも、なんでこういう商品があんのかな。やっぱり、俺みたいな人って、他にもいるとか？」

「んー、コスプレとか、和装用って書いてあるけど」

え。コスプレって、むしろおっぱい大きくしないとダメなんじゃないのか？

あんまりそういうの、よく知らないけど……。

「ああ、それとさ。ついでに、男が女になるとかいうキーワードとかでも検索してみたけど、性転換手術の解説とかそういうのばっかりだった。お前みたいに、突然……なんてのは、やっぱりないいな」

「……そっか」

予想はしてたけど、ちょっと、がっかりだ。

「それと、明後日《あさって》の予定はどうなってる？　土曜日」

不意に尋ねられて、俺は軽く虚空を見上げて、記憶をたどる。

えーと、コードレビューが明日で、たぶん今回はそれほど修正ないだろうから……。

「明後日なら、……とくには、ないかな」

「よかった。ここ、予約したから。今ラインで送るな」

「？」

話が見えない……と思いつつ、スマホを手にとった。

将成からのメッセージにあるＵＲＬは、人間ドック専門のクリニックのサイトだった。

「一応、病院で検査しとこ。おかしなことにはなってないと思うけど、念のため、な。あ、婦人科もつけといた」

「……そっか……」

たしかに、不安がっていたって仕方がない。調べれば、わかることだ。

でも。

「俺、保険証使えるかな？」

「もともと、人間ドックは自由診療だから、保険証はなくてもいいぞ。名前はお前の妹のにしといた」

「え、じゃあ、高いよな」

「まぁな。でも、調べないと心配だろ」

……正論すぎて、ぐうの音も出ない。

いや、そもそも、調べてみようなんて考えつかなかったんだよな。

だってさ、……なんか、怖い、し……。

「俺も一緒に行くから」

「……将成も、来てくれんの？」

「うん。ついでだしな、俺も受けとく。……それに、ひとりじゃ、嵐も不安だろ？」

…………なんでこう、将成には、俺の気持ちなんてお見通しなんだろう。

本当に、敵わない。

昔から、いつも、ずっと。

「あのさ……将成がいて、よかった。俺ひとりだったら、マジで絶望してたもん。正直いうと、今朝から今までずっと、どうしたらいいかわからなくって、まいってたから。……でも、将成がいろいろしてくれたからさ、なんか、頑張れそうだって……思えてきた」

「そっか」

よかった、って。

将成がぐりぐりと俺の頭を撫でてくれた。

「ま、俺もびっくりしたけどさ。いきなりこうなったんだったら、いきなり治るって可能性もあるんだし。あんまり、ひとりで思いつめるなよ」

「……ん。ありがと」

そう、心から言った……ってのに。

その途端、俺の腹のやつが、ぐ～っと豪快に音をたてて鳴った。

「あ」

う、うわ。恥ずかしい……。

「あー、そっか。晩飯まだだよな。なんかびっくりしてて、忘れてた」

「なんか……ごめん」

「や、俺も腹ペコだわ。えーっと、……そうだな、そしたら、チャーハン作ってやるよ。俺の特製の」

「え！　めっちゃ嬉しい!!」

思わず声がはしゃいだ。

将成の手作りのチャーハンは、俺の大好物の一つだ。

シンプルな卵とネギだけなんだけど、めっちゃくちゃ美味い。

一応、自分でも習って作ってみたんだけど、同じようにならないんだよなぁ。不思議だ。

「食わせてもらうの、久しぶり！　えへへっ！」

思わず身を乗り出したら、不意に、将成の指先が俺の頬をつついて。

「やっと笑った。……よかった」

なんて、目を細めて。優しく言うから。

心臓が、ぎゅって、痛くなった。

え、なんだこれ？

漫画とかみたいに、ほんとに、動悸《どうき》が激しくなるとか……マジで？

「ちょ……お前、やめろって」

「なにが？」

「かっこよすぎだろ……今の……」

勝手に顔まで赤くなるから、必死で両手で隠して、俺はうめいた。

もともと、将成が格好いいことなんて知ってる。

顔がいいし、ガタイもいいし、頭いいし、あととにかく優しいいし。羨《うらや》ましいとか、悔しいとか、何度も思ったことがある。

なのに、こんなに動揺しちゃうなんて、……ほんとに、どうなってんだろ、俺。

「あはは。ありがと。……じゃ、今日は特別に、ソーセージもいれてやるよ。待ってて」

「ん……」

軽く流してくれたことに感謝しつつ、「トイレ借りる！」と言い捨てて、俺は個室に飛び込んだ。

顔を洗って、落ち着いて。

「っしょっと……、え、ッ！」

なにげなく下着を下ろして、ぎょっとした。

とろって、糸をひくほど溢れ出してた……俺の、愛液。

ま、まさか、さっきので……？　え、ええっ！　俺、感じすぎだろ……！

た、たしかに、将成の手……めっちゃエロくて、気持ちよかったけど……。

いやいや。そんなこと、思い出してる場合じゃないってば！　早く忘れなきゃ！

「は、恥ず……」

慌ててペーパーで拭ったけど、ぬるんって滑って……。

う、うわぁ。女の身体って、こんなに濡れるんだ。

かっこ悪いけど、女性経験がないんだから、仕方がない。いちいちどれも、刺激が強すぎて……クラクラする。

指、とか……入る、のかな。

これだけぬるぬるなら、そんなに痛くはなさそうだけど。

……そしたら、気持ちよかったり、すんの……？

「嵐」

「ひゃあっ!!」

突然、トイレのドアをノックされて、素《す》っ頓狂《とんきょう》な声をあげてしまう。

びびびびびびびっくりした!!

「な、なに!?」

「や。なかなか出てこないから。大丈夫か？」

「——大丈夫っ！　すぐ出る！」

思わず胸のあたりを手で押さえて、その柔らかさにまたびっくりしたりして。

——こんなふうに、俺の誕生日は、すったもんだの大騒ぎで終わっていったのだった。

「ふわぁ……」

あれから二日たって、土曜日の朝。

俺の身体は、相変わらず女の子のままだ。

将成が買ってくれた胸潰しのおかげで、昨日はなんとか仕事もこなせた。今のところ、あまり怪しまれてもいないみたいだ。

もとからそれほどゴツい体型じゃなかったのが、こんな形で功を奏するなんてな。人生、なにがあるかわかんないもんだ。

「うー……腹減ったなぁ……」

今日は、人間ドックの日だ。昨日から絶食してて、水も少ししか飲めない。

早く終わりたい気持ちと、なにか異常が出たら……って気持ちの両方で、なんだか気持ち悪くなってくる。

「はー………」

ため息をついたとき、家のインターフォンが鳴った。

将成だ。

「よ、嵐」

玄関のドアを開けると、紙袋を下げた将成が立っていた。

Tシャツにジャケットを羽織って、パンツ姿で。ラフな休日スタイルって感じ。

「おはよ……つか、早くないか？」

それに、一緒に検診を受けようとは言ったけど、朝から迎えに来るとは思ってなかった。

「早くもないだろ。それに……お前、なんて格好だよ」

「え？」

言われて、自分の姿を見下ろす。

ゆるめのタンクトップに、バスパン姿。いつも通りの、部屋でごろごろスタイルだ。

まぁ……襟ぐりとか、脇んとこから、どうやっても胸は見えてるけど。

「ブラジャーは？」

「だって、胸潰し、苦しいんだよ。休みの日くらい、外したいんだってば！」

将成はあの息苦しさを知らないから、そういうこと言えんだよ。もう！

「まぁ、そんなことだと思った。ほら」

「？」

押しつけられた紙袋のなかには、洋服が入っていた。

未使用らしくて、タグとかはついたまんま。

「カップ付きワンピースとかいうやつ、買ってきた。あと、下着も」

「……将成、マジでマメだな……」

俺も、ＣＭを見たことあるから、存在は知っていたけど。

でも、うーん……。

「なんだよ、その顔」

複雑そうな俺に気づいて、将成が言う。

いや、まぁ、その……買ってきてもらって、文句言うのは悪いとは思う。思うんだけどさ。

「なんか、女物着るって、ヘンタイっぽい気分がする」

「いやだって、今お前、女だし」

「そう、だけど……」

そんなさらっと、『女』って言わないでほしい。

俺の意識は、まだ普通に男のままだっていうのに。

「…………」

「いいから、着てみろって。どうしても嫌なら、やめればいいんだし」

「……わかった」

試すだけ、なら。

せっかく将成が買ってきてくれたんだし、それくらいは……な。

袋に入っていたのは、シンプルな白黒の幾何学模様が入ったワンピース。胸の部分がちょっと堅くなってて、ブラがわりになるやつだ。

スカートなことをのぞけば、色も柄も可愛すぎなくて、まぁ……抵抗は、少ない、かな。

それより、下着のパンツのほうが本当に嫌だ。ただのシンプルな、ベージュのパンツ。

形がボクサータイプなのは、せめてもの心遣いってやつなのか。……これ、将成、どんな顔して買ったんだ？

「なぁ、パンツ、女物じゃないとダメか？」

「そりゃそうだろ。検査のとき、おかしいと思われるぞ」

「う……まぁ、そうかもだけど……」

ってていうか、これ……。

「なぁ、この服とかって、将成が選んだんだよな？」

「うん。まぁ、適当に」

「……ふーん。適当にか」

じゃ、別に、こういうのが将成の好みってわけでもないんだな。

そういや、今まで将成の彼女って、数回しか会ったことないや。わりとおとなしい、お嬢様っぽい印象だった気はするけど……。

「あのさぁ」

「ん？　なんだ、キツかった？」

「や、そうじゃなくて。……将成、今、彼女っていんの？」

「なんだよ、急に」

面食らったように、将成が瞬《まばた》きする。

いやまぁ、俺も唐突だなとは思うけど。

「なんとなく……気になって」

「うるせーなー。どうせ今はいないっつの」

顔をしかめて、それから。

将成は不意に、にやっと笑って、言った。

「強いていうなら、今はお前が彼女かもな」

「――バカか！」

俺は、脱いだタンクトップを、思いきり顔面に投げつけてやった。

冗談じゃないっつの!!　まったく!!

……………あ、赤くなってなんか、ないからな!!

「ただの冗談だって。……あ、そうだ。あと、これも」

「なに！」

次に渡されたのは、ウィッグだった。緩くウェーブのかかった、セミロングくらいで、色は少し明るい茶色のやつ。

「……これ、いるかぁ？」

「お前、もし外で会社の奴に会ったらどうするんだよ。一発でバレるぞ」

「あ……そっか」

「あるいは、女装趣味があると思われるかのどっちかだな」

「……かぶる」

そんなの、どっちにしろイヤだ。

ウィッグなんてつけたことないから、四苦八苦して、どうにか格好は整えた。……なるほど、将成が早めにうちに来るわけだ。

「ええと、こう、か？」

「ん、可愛い」

「……褒められても、なぁ」

悪い気はしない、けど……なんか、困るっていうか……照れるっていうか……。

「あ、でも、化粧とかはしないからな！」

さすがにそこまで、『女』になりたくない。っていうか、道具もないし、やり方もわかんないし。

「まぁ、それは別にいいんじゃないか？　じゃ、そろそろ行くか」

「ん、わかった」

トートバッグに財布や携帯の類《たぐ》いを突っ込んで、立ち上がる。

玄関に行くと、将成が先に立って、ドアを開けて待っててくれた。

いつも通りの仕草。でも。

なんだか今日は、女の子扱いされてるみたいで、……ちょっとだけ、ひっかかる。

「駅まで歩きだからな」

「え？　今日、車じゃないんだ」

アロマ以外の将成の趣味は、車だ。初任給で買った車に手をいれまくって、ずっと大事に乗り続けてる、いわゆる愛車なんだけど。

てっきり近くの駐車場に停めてるもんだと思ってた。

「今日は、終わったら飲みに行きたいし。置いてきた」

「あー、そっか」

たしかに、昨日はろくに飲み食いできなかったし、今日はぱーっとやりたいよな。

「だから、今日は一日つきあってな、嵐」

なんて、将成が笑う。

もともと、俺のためなのにさ。

なのに、そんなふうに、恩着せがましいことは言わないんだ。将成ってのは、そういう男、なんだ。


クリニックに着いて、一通りの検査を終えた頃には、もう夕方近かった。

あれこれ調べてから、ある程度診断結果を当日見てもらうコースだったせいだけど……

それにしても、疲れた。

なにより、心のほうが、もう……。

「結果、どうだった？　……嵐？」

「…………疲れた」

待合室にずらりと並んだソファの一つに座って、俺はがっくりと肩を落としていた。

真っ白に燃え尽きたボクサーのような体勢、ってやつ。

「どっか……見つかったのか？」

将成が顔を曇らせて、俺の隣に座る。

「あ、いや……異常は、ないって」

「そっか、よかった。……って、言っていいのかな」

「まぁ、もっとでっかい異常については、完全スルーだったけどなー……」

「ちゃんと、女の身体って、ことか」

「うん……」

深いため息をついて、ぼそぼそと俺は言葉を続けた。

「問診のとき、一応、聞いてみたんだよ。……突然、性別が変わっちゃったりすることって、あるんですかねー……って」

「……なんだって？」

「なに言ってんだこいつって顔された」

「…………まぁなー」

将成が、半笑いを浮かべる。

俺だってわかってるよ。もしおととい、同じことを言われたら、俺も『なに言ってんだお前』って返してたろうし。

「それだけじゃなくってさ」

「どうした？」

「婦人科検診って、あれ、………ないわ」

思い出すだけで、恥ずかしさとしんどさが辛《つら》くて、思わず両手で顔を覆う。

いや、ないよ。あれはほんと、ない。

「女の子って、あんなの耐えてんのか……可哀想《かわいそう》になる……」

「へー、そうなんだ。どんな感じなの？」

「言えるかぁっ！」

気軽に聞いてくる将成に、一瞬ガチで腹がたった。

だって、あんな体勢で、あんなとこに………う、うう………ッ。

たかが器具だけど、なんていうかもう、『奪われちゃった』感が半端ない。実際、まだ股間のあたりが、妙な感じがする気がするし。

なんで男なのに、処女喪失感に落ち込まないといけないんだよっ！　意味わかんないだろ！

「もう、ほんとに、二度と嫌だ………早く、男に戻りたい………」

「そ、そっか。……なんか、余計なお世話だったな。ごめんな」

落ち込みまくる俺の背中を、ぽんぽんと将成が軽く叩いて慰める。

「ただ、俺はちょっと安心した。おかしな病気とかじゃなくってさ」

「…………」

原因不明という意味では、なにも事態は好転してないけど。

将成の言う通り、少なくとも、悪くはなってない。それも、事実だ。

「さ、飯食いにいこ。なんか、割引券もらったろ。すぐ使わないと、忘れるし」

「……うん、もう腹ペコペコ……」

「だろ。ぱーっと、なんか食って飲も？」

「ん」

頷いて、立ち上がると、将成はほっとしたみたいに口角をあげた。


クリニックを出て、オフィス街を歩く。

午後の日差しはまだ強くて、じりじりと照り返しが頬に暑かった。

「なんか、もう夏っぽいな。暑い」

「だな。まだ梅雨《つゆ》前だってのに」

土曜の午後は、サラリーマンの姿は少なくて、街全体が少しだけ明るく見える。

小走りで急ぐおじさん。スマホを見ながら、ぶらぶらしてる若い男。おしゃべりしながら歩く女の子たち。

短いスカートの裾《すそ》がひらひらと揺れる様は、熱帯魚が泳いでるみたいで、可愛くてきれいだなって思う。

だけど、その子たちの視線は、大概が俺を素通りして、隣の将成に注がれるんだ。昔っから、そう。

劣等感がないといったら、嘘《うそ》になる。やっぱり、落ち込むよな。

——でも。

今の俺は、女の子だから。

街角の窓に映る俺らの姿は、カップルといっても不思議じゃない。すれ違う人も、きっと、そう思ってるんだろうなって思う。

それで。

「嵐、なに食いたい？」

そう、俺に微笑《ほほえ》んで話しかけてくれる将成は、やっぱりカッコよくて。

こんないい男が、俺にだけ微笑んで、優しくしてくれてるんだぞって、……ちょっと、気分よかったりして。

「洋食系がいいな。昨日の昼、蕎麦《そば》食べたし」

「信濃路《しなのじ》行ったの？」

「うん、そう。冷やしたぬき食べた」

そんな、他愛《たわい》ないことを話すうちに。

「……あ、ここだ」

通りがかったオフィスビルの一階には、いくつか飲食店が入っていた。ずらりと並んだ案内用の看板のうち、将成が一つを指さす。

「ほら、このカフェ、割引券使える」

「あ、本当だ。俺、ハンバーグ食いたい」

チェーンだけど、こじゃれてて、雰囲気のいい店だ。

ただ、どちらかっていうとデートっぽいから、普段なら男二人で入るには、ハードルが高かったりもする。

けど……。

「ん、なに？」

ちらっと将成を見上げたら、小首をかしげて尋ねられる。それに「や、なんでも」と俺は首を横に振った。

逆に、デートと思われるほうが、いいこともあるな。うん。

店に着くと、ランチタイムはほぼ終わっていた。カフェタイムの混雑のなか、ラッキーなことに、二人席にはすぐに通してもらえた。

メニューを開いた途端、目に飛び込んできた美味《おい》しそうな料理の写真に、口のなかに唾が溢れてくる。あー、腹減った!!

「あのさー……。検診終わったんだから、ビール飲んでもいいよな……?」

「いいんじゃない? 俺も飲みたいし。こう暑いとなー」

「やった。じゃあ、ビールと……んー……」

「ハンバーグあるじゃん」

いや、そうなんだけど。あるにはあるんだけど。

「チーズが乗ってるのと、大根おろしので、悩む……」

チーズがとろーってしてるの好きだし、でも暑いから和風おろしでさっぱりのほうが美味いかなって思うし……。

あー、どっちにしよう!

「じゃ、俺チーズにする。嵐、大根おろしにすれば? 半分こしよ」

「え！　いいの？」

「いいよ。俺もどっちも食べたいし」

「やった！　じゃ、そうしよー！」

えへへ、嬉しいなー。

わくわく顔で注文を済ませて、お冷やをぐっと飲み干す。

バリウム後だから、なるべく水飲めって言われてるしな。……あ、ビールはまずいんだっけ？　ま、まぁ、ちょっとくらいならいいだろ……。

「早くこないかなー。楽しみ」

ハンバーグ、久しぶりだし。ここの、けっこう美味いってきくし。あー、ヤバい楽しみ。

「よかった、機嫌なおって」

「え。……別に、不機嫌なわけじゃ……」

……なかった、とは、言えないなぁ。

落ち込みまくってたのは、ほんとだ。

「検診、嫌そうだったしな。無理に誘って、悪かったなーって」

「や……それは、ごめん。調べて、よかったと、思ってる」

ただ、つい将成には甘えちゃうんだよな、俺。

でも、一緒にいるのに、ずっと不機嫌とか、そりゃ嫌だよなぁ、普通。

「誘ってくれて、ありがと。感謝してるから……ほんとにごめん」

女の子になっちゃったことがショックで、自分ばっかり悲劇の主人公みたいな気分になっちゃうけど。でも、それで当たられたって、将成にはただの迷惑だよな。

「気にすんなよ。むしろ、俺にはちゃんと甘えていいの。おじさんにもおばさんにも、お前のこと、頼まれてるんだから。ただ、どうせなら、俺は、お前の口角がいつもあがっててほしいってだけ」

すっごく優しい目で、声で、将成はそう言ってくれた。

……ほんと、優しい。優しくて、なんか、……照れる。

「嵐？」

「将成って、時々、恥ずかしいこと言うな……」

「そうか？　あ、ビールきたぞ。ほら」

お待たせしましたー、と言って、店員さんがビールを手渡してくれる。

それを受け取って、乾杯もそこそこに、俺はぐいっとグラスを傾けた。

冷たくて苦い味が、喉の奥へと滑り落ちていくのが、美味しい。

「はー……」

「夏はビールだなぁ」

「マジで！　……あ、そういや、夏っていえばさ。将成、夏休みどうすんの？　有給、けっこう余ってるんだろ」

「んー……とらないとまずいんだけど、仕事がなぁ」

将成は小さく唸って、顎のあたりを指先で撫でた。

PM《プロジェクトマネージャー》になってから、仕事量が全然違うみたいで、有給で旅行なんて行ってるの、見たことがない。

こうやって、土日くらいは一応休んでるみたいだけど、それでもちょくちょく休日出勤してるしなぁ。

「まぁでも、今年はとるよ。嵐、俺以外とあんまり遊べないだろ」

う……。ま、まぁ、こんな事情、将成以外には知られたくないけどさ。

「盆休みとかまでには……なんとか、戻ってたいなぁ」

こんな身体じゃ、実家に帰ったらびっくりされる。下手すりゃ母親あたり、ひっくり返るかもしれない。

「まぁ、どっちでもさ。たまには、一緒にどっか行こ」

「ん、そだな」

帰省じゃなくて、旅行でも、なんでも。

将成と一緒なら、楽しいに決まってるしな。

なんて思いながら、またビールを一口、飲んだときだった。

「……あれー、高瀬？　と、先輩っすよね～」

「……!?」

突然かけられた声に、あやうく噎《む》せそうになった。

こんな格好のときに、誰だよ!?　……いや、なんで一目で、俺だってわかるんだ？

「おー、久しぶり～」

顔をあげると、そこには、絵に描いたようなひょろりと背の高いビジュアル系青年がいた。

左右の耳に、合計五つのフープピアスをつけて、短くつんつん立てた髪は、明るい真っ赤に染まっていた。アメコミキャラの描かれたTシャツは、あちこち穴だらけのつぎはぎで、同じくボトムもかなり激しいダメージデニムを穿《は》いている。靴にいたっては、トゲだらけの分厚いソールのやつだ。

正直、怪しい。およそまともな社会人という格好ではない。

だが、俺はこいつを知ってる。細い、どこを見てるのかわかんない瞳も、そのだるそうな口調も、知ってた。

「阿良々木《あららぎ》？」

絶句した俺のかわりに、将成がその名を口にする。

「山野先輩も、おひさっすねー」

「そう……だな。びっくりした」

阿良々木朋《とも》は、その言葉に、へへっと笑った。

――阿良々木は、俺の同級生だ。山梨の畑のなかで育った俺たちは、小中高とだいたいみんなメンバーは一緒で、その分つきあいも濃い。当然、四年先輩であっても、将成もあいつのことをよく知っていた。

阿良々木朋を一言でいうならば、『変人』だ。

オカルトマニアなのはまだ趣味の範囲だが、実際どうも、……『見える』らしい。

それが本当か嘘なのかは誰も判別はできないが、昔から、阿良々木が角のじーさんの亡くなる日を当てたとか、クラスメイトの交通事故を予言したとか、そういう噂《うわさ》がつきなかったのは本当だ。

卒業してからは、どうしてるのか全然知らなかったけど、上京してたのか。

「で、高瀬なんだろ？」

ぐいっと顔を近づけられて、もう一度念を押される。

これは……しらを切れる感じじゃないよな……。

「……なんで、わかった？　っていうか、あれだ。その、これにはいろいろ事情があって、別に突然女装癖に目覚めたとかじゃねーから！」

思わず立ち上がって弁解すると、「女になっちゃったんだろ？」と、これまたこともなげに言われて、再び、絶句。

「前から気になってたけど、やっぱそうなっちゃったんだなー」

「前から？　気になって、た？」

「うん」

頷く阿良々木の細い目からは、感情は読み取れない。

からかってるのか、本気なのか、さっぱりだ。

「なにか知ってるのか？　冗談とかなら、悪いけど……」

将成の目が据わってる。普段温厚な分、こういう表情をすると、身体が大きい分、マジで迫力がヤバい。

けど、阿良々木は飄々《ひょうひょう》と「うーん」と小首をかしげた。

「もやもやーっと、なんすよね。ちゃんと見るのは、しんどいし。まぁ、俺の話を信じる

かどうかは、高瀬次第。あ、これ、今の俺の連絡先。気になったら、電話して」

「え？」

ひょいっと、ポケットから取り出した名刺。

戸惑いながら受け取ると、阿良々木はすぐに「じゃ、俺約束あるから。またっす～」と、立ち去ってしまった。

「あ、おい！」

将成が呼びかけても、立ち止まりもせずに。

「まったく……相変わらず、よくわかんない奴だな」

「うん。元から変わってたけど……」

椅子《いす》に座り直して、名刺をしげしげと見つめる。

四角いカードには、『運命鑑定　遠隔浄霊』という文字とともに、名前とスマホの電話番号、メールアドレスが書いてあった。

「占い師、やってんだ。でも、浄霊って……」

うさんくさいこと、この上ないな……マジで。

「怪しすぎだろ」

将成がそう一蹴《いっしゅう》する。

「正直わかんない……けど、さ。ちょっとでも、なんかヒントになるなら、すがるしかないかなぁ……」

「やめとけって」

「え」

「たしかに元同級生だけど、信頼できる理由がないだろ。お前の状態見て、不安がらせて商売にしようとしてるって可能性もある。行った途端、バカみたいな高いツボだの印鑑だの売りつけられるかもしれないんだぞ？」

まぁ、たしかにそういう商売もあるらしいけど。

「そ、だな……気をつける」

「嵐は素直な分、だまされやすいからな。……とにかく、俺は反対」

将成がここまで言うなんて、珍しい。

たしかに、うさんくさいからな……。

でも、俺の印象としては、だけど。阿良々木って、変な奴だけど、ウソツキとか、嫌な奴ではなかったんだよなぁ。

あ、でも。

将成が相変わらず剣呑《けんのん》な目をしてるから、慌てて俺は、名刺を適当にカバンに突っ込んだ。

「それ……」

寄越せ、と将成が言いきる前に、店員さんがハンバーグを運んでくる。

ジューシーな音と、美味しそうな匂いに、自然と動作はすべて中断された。

「う、うまそ……!!」

なにせ昨日からろくに食べてない。

今の俺にとっては、目の前のハンバーグとご飯は、どんな傾国の美女の誘惑より魅力的だった。

「……とりあえず、食うか」

目を輝かせる俺に苦笑して、将成もそう言うと、カトラリーに手を伸ばす。

「ん！　いっただっきまーす！　あ。ビールもう一杯！」

今だけは、身体のことも、阿良々木のことも置いとく。

考えても仕方ないんだし、なによりもう、頭のなかは食欲でいっぱいだ。

そんなわけで、俺はそれから思う存分、食欲に身を任せたのだった。

──で、その結果。

「ちょっと……飲みすぎたかな」

「うん……ごめん……」

二軒目、三軒目とはしごして、電車に乗った頃にはとっぷり日も暮れ、千鳥足になっていた。

ずっと落ち込んだり緊張したりで、なんだか疲れてたんだろうな。

お酒飲んで、ぱーっと遊んで、将成と笑って。

「あー……楽しかったぁ……」

なんか、ふわふわ気持ちいい。

電車内は混んでるけど、あんま、それも気にならないくらい。

「もー、ちゃんと、立て」

「んー……」

将成が俺の腕を掴んで、支えてくれる。でっかくて、あったかい手。

「ねむ、い」

あくびをして、将成に寄りかかる。

「お前、もうこのまま泊まりにこいよ」

「……いいの？」

「このままほっといて帰れるか、心配になる」

「心配性だなぁ」

へーきだって、これっくらい。

たいして酔ってないのになぁ～……。

……あれ？

「どうかしたか？」

「いや、なんか……北村さんが、いた気が、して」

声のトーンを落として、俺は答えた。なんか、似た横顔が、人の隙間《すきま》から見えた気がしたんだよな……。

「北村が？」

「たぶん、気のせいだと思うけど……」

「けど、あいつ、この沿線だっけ？」

「わかんない」

同じチームでもう一年以上一緒にやってるけど、北村さんはプライベートのことは全然話さないから、よくわからない。飲み会とかもほとんど参加しないから、ぶっちゃけどういう人柄かってことすら、はっきりしない。ものすごく、ミステリアスな人だ。

業務の上ではめちゃくちゃ優秀で、頼りになるから、上司もなにも言わないけどさ。

それに、見た目はいいから、そこそこモテてもいるらしい。

色白の醤油《しょうゆ》顔系で、細いフレームの眼鏡《めがね》越しの切れ長の目とか、いかにも理系のインテリって雰囲気がする。体温とか、低そうな感じ。

将成の明るくて優しい雰囲気とは真逆でも、ああいうミステリアスな感じっていうのも、女の子には受けるんだろうな。俺みたいに、中途半端でぱっとしないってのが、一番女子ウケしないっていう自覚は……一応、ある。

「まぁ、ウィッグかぶってるし、わかりゃしないだろ」

「そう、だよな」

第一、たぶんきっと、見間違いだろう。そう、思うことにした。

そのうち、電車が大きく揺れて、駅で停車した。乗り換えの多い駅だから、車内は一度シャッフルするように立ち位置が移り変わる。なるべく邪魔にならないよう、人の流れにのっかった結果、俺と将成はやや離れた位置になってしまった。

まぁ、でも、連結部のドアの前だし……寄っかかれるから、これはこれで、楽だな。

次の駅で合流すればいいか、と俺はぼんやり目を閉じた。

……ん？

違和感を覚えたのは、電車が動き出して、すぐだった。

なんか……当たってる？　ケツのあたり……。

気のせいかなって思って、ちょっとだけ、身体の角度を変えてみた。でも、変わらない。

スカートの薄い生地越しに、たしかに、熱量を感じる。それが、もぞもぞ動いてて……。

……え、これ。もしかして……痴漢？

嘘だろ？

酔った頭から、すって血の気がひいて……かわりに、心臓が、どくんどくんと大きく鳴りだした。まるで、非常事態を告げる、アラームみたいに。

相手の顔は、見えない。ぴったり俺の背中に張りついてるみたいだ。

逃げようにも、まわりは人で埋まってるし、ほんの少し角度を変えるくらいしか、無理だし。

「…………っ」

それに……。

怖い、って。思った。

まわりに知られるの、恥ずかしい。男のくせに、痴漢にあってるなんて。

そりゃ、今は女の身体だけど、でも……。

ぐって、手を胸の上で握りしめて。でも、それ以上、なにもできなかった。

俺がおとなしくしてるのに気づいたんだろう。痴漢の手の動きは、さらに大胆になって。

俺の尻《しり》だけじゃなくて、スカートの下に潜り込んで……股間にまで手を伸ばしてきた。

「……！」

そんな、とこ。誰にも、触らせたことないっつのに……！

「嵐」

――俺の様子がおかしいことに、気づいたのかもしれない。

離れた場所から、将成が俺の名前を呼ぶ。

顔をあげて、俺は、将成を見つめた。

――なのに、声が、出ない。

恥ずかしくて、怖くて、……震えて、声が、出ないんだ。

助けてって、言いたい。言いたいのに。

早く、次の駅に着いてほしい。そうしたら、逃げられるのに。

男の指が、さらに無遠慮に、俺の身体を撫で回してくる。怖い。気持ち悪い。……それを、将成に見られてるのが、辛い。

それ、なのに。

「……っ、…………」

執拗《しつよう》に敏感な場所を撫で回されて、身体が、勝手に疼《うず》き出してる。

小さく痙攣《けいれん》して、息を殺すたびに、背後の男の動きがより大胆さを増すのがわかった。

……感じてるって、バレちゃってるんだ。

嫌だし、恥ずかしいのに、……悔しい。見ず知らずの男に好きにされて、こんな……ぞくぞく、しちゃうなんて……。

「ぁ……ッ」

くいって。下着越しに、敏感な箇所を指先で押さえられた瞬間、声が出かけて。俺は、慌てて手で口元を押さえた。

じわって、身体の奥から、蜜《みつ》が滲み出してきちゃってる。それと……じんじんする、キモチヨサ、と。

ほんとに、どうしてこう、女の子の身体ってのは……敏感に、できてるんだよ……っ。

「……、……っ」

息が、苦しい。頭が、ぼーっと、する。

も、う……そんな、とこ……弄んない、で……。

それ、に。

将成、きっと、気づいてる。まわりの人たちだって、きっと。

……嫌だ。見ない、で。こんな、人前で喘《あえ》がされてるなんて、みっともない姿。

恥ずかしくて、必死で指先を噛んで我慢するけど、もう——泣けてきそうだ。

ようやく、電車が減速しはじめた。アナウンスも、次の駅の名前を読み上げる。あと少し、あとちょっとの、我慢……。

けど、そのとき。

「おい。あんた」

いつの間にか、将成は俺のすぐそばに移動してきていた。そして、俺に触れている手を摑むと、ぐいと引き剝《は》がす。

「い……ッ！」

小柄なおっさんが、顔を引きつらせていた。

なんか……すごく、普通のおっさんだった。町なかで、どこでも見かけるような。かえってそのことに、拍子抜けする。

「な、なんだね、君は」

「……ここで大事にしたくないでしょう。ちょっと、来てもらいますよ」

声のボリュームは小さく、口調も丁寧だけど。いつもよりさらに低くドスが効いた声は、おっさんをびびらせるのに充分だった。

しかも、眉間《みけん》に深くシワを寄せ、目をつり上げた表情は、今まで見たことがないほどの怒りに溢れてて……正直、俺も、怖いくらいだ。

そのまま、将成はおっさんを連れて電車を降りて、キビキビと駅員に痴漢として突き出した。ただ、詳しい書類とかに関しては、後日にさせてくれと言って、自分の名刺だけを渡して終わりにしてくれた。

「嵐、大丈夫か？」

「……ありが、と」

解放されて、ほっとしたところで、蒸し返すような話はしたくないっていうのが本音だったから、将成の助けは心底ありがたかった。

けど、ほんと……なっさけない。俺。

「俺、なんも、できなくて……かっこ悪……」

「しょうがないだろ、それは」

将成は慰めてくれるけどさ。でも。

「俺、男なのに。……こんな格好でも、身体でも、男、なのにさ。痴漢くらいで、震えて、なんもできなくなるなんて……悔しい……」

心まで、女の子になっちゃったみたいじゃないか、こんなの。

そんなの、絶対嫌だ。嫌なのに。

「あのさぁ、男だって、痴漢にあったらなんにも言えないって」

「……」

「ホントだよ。第一、悪いのは痴漢だろ？　男だろうと女だろうと、お前はなにも悪くない。だから、お前が落ち込むことなんて、全然ない！　違うか？」

両肩を摑まれて、きっぱりと将成が断言してくれる。

「……ちが、わない」

そう言われれば、たしかに、……そっか、な。

「よし」

深く頷くと、将成の大きな口が、緩やかな弧を描いた。

「じゃ、帰ろうぜ？　あ、……タクシー使おうな」

「……いいの？」

「嵐も、怖いだろ。だから、そうしよ」

将成が、俺の手をひいて、歩き出す。

小さい頃、転んで泣きじゃくってる俺を、家まで連れて帰るときみたいに。

だから、俺も素直に、とぼとぼと将成の後をついていく。

でも、あの頃よりずっと大きな背中は、すごく優しくて、安心、できた。

「なぁ」

「ん？」

「将成さぁ、なんで彼女いないの？　こんないい男なのに、放っとくなんて、女ってバカだな」

俺の言葉に、将成はあははって声を出して笑って、それから。

「ありがと」って。

小さく、呟いたんだ。

週が明けて、月曜日。そして、火曜、水曜と、なんとか仕事は無事にこなせた。きつい胸潰しをつけて、スーツを着る。苦しいけど、先週よりはまぁまぁ慣れてきた。早く元通りになりたいけど、今のところはこれでなんとかやっていくしかない。そんなふうに、ようやく俺も、ちょっと開き直れてきたのかもしれない。


今日の昼飯は、会社でとることにした。

なんとなく、同期の連中でテーブルに集まって、他愛もない世間話が始まる。

……それは、本当に、なにげない一言だった。

「こないだ電車でさー、痴漢だって騒ぎがあって」

同期の男が、箸《はし》を片手に口を開く。

「ああ、あれな。えん罪とかもあるんだろ？　おちおち電車にも乗れないよなぁ」

男連中は、そう苦笑する。だけど、同期の女子は、あからさまに顔をしかめた。

「やる奴が悪いんでしょ」

「それはそうだけどさぁ。痴漢にあうくらい、自分が魅力的だからって思えばいいのに」

ヘラヘラ笑って言われて、……なんか、キレたのは、俺のほうだった。

「思えるわけねーだろ！」

「……高瀬？」

怪訝《けげん》な顔をされても、前言撤回する気にには、どうしてもなれなかった。

「見ず知らずの奴に、人格を否定されるようなことされて、納得なんてできるかよ。女の子にしてみりゃ、ただただ怖いし、許せない存在に決まってんだろ」

「そ、そうかもしれないけど。そこまでムキになることないじゃん」

「……悪い。前に、友達が嫌な思いしたから、つい」

たしかに、空気が重くなったのはたしかだ。うう、失敗した。

時々こういうことしちゃうのが、俺が単純すぎって言われる理由なんだろうなぁ。

「まぁ、そうねー。やっぱり両手は、あげておくのが一番かもね。こう、ばんざーいって」

さらっと、隣の女の子が笑って両手をあげる。その可愛らしい仕草に、ふっと場が和んだ。

「俺、自転車通勤に変えたわ。けっこう快適」

「自転車って、スポーツ自転車みたいなの？　あれ、格好いいよね」

「そうそう。漫画の影響で買ったら、ハマってさ……」

——話題が自転車に移ったことに、こっそり、胸を撫で下ろした。

はー……反省だ。

冷やし中華を食べきって、午後の仕事に向かう間、思わずため息をつく。でもそんな俺の肩を、ぽんと叩いた人物がいた。

「高瀬」

「あ……井上《いのうえ》」

さっき、雰囲気を変えてくれた女の子だ。

お礼を言うか否か、とっさに迷う俺に、彼女は微笑んで言う。

「さっき、かっこよかったよ。高瀬があんなにはっきり言ってくれると思わなかった」

「あ……いや、そう、かな」

「うん。案外、女心わかってるんだね。見直しちゃった」

「え……っと」

女心がわかってるというより、今現在女の子の身体なんです……とは、到底言えないな。

「ね、今度、飲みに行こうよ。暑くなってきたし、ビールでもどう?」

「あ、うん! 是非!」

じゃあ、約束ね……と軽やかに彼女は立ち去っていった。その後ろ姿も、凜《りん》としてて、上品な子だ。

井上は、同期のなかでも美人だし、気が利くから、みんなに好かれている。その彼女に、こんなふうに言われるのは……正直、悪い気はしない。っていうか、うん、ニヤけちゃうな。

女の身体になって、損ばっかりって思ってたけど、こういうラッキーもあるんだなぁ。

――まぁ、でも。こんな状態じゃ、彼女なんて、到底無理だけどさ……。

「あー、もうっ」

早く人間になりたい……じゃない、男に戻りたいっ！

そう、改めて願いながら、俺は自分のデスクへと足早に向かったのだった。

「お、終わらねぇ……」

苦い顔で、俺は呟いた。

取引先の仕様変更のせいで、せっかくの設計がパーになって、大幅にやり直しになった。

当然、残業決定。それも、かなりの。

「あー……ツイてない……」

「頑張れよ、高瀬」

「はい……」

課長の励ましの言葉が、今はどっちかっていうと恨めしい。

いそいそと帰り支度をする姿を、ついジト目で見送ってしまうが、別に課長が悪いわけじゃないしな。

やるしか、ないか。

……でも、その前に、コーヒーでも買ってこよ。

そう、立ち上がったときだった。

「はい」

「え？　……あ」

近くのコンビニのホットコーヒーのカップを差し出してくれたのは、意外なことに北村さんだった。

ちょうどそれを買いに行こうと思ってたから、ものすごいナイスタイミングだ。しかも。

「砂糖と、ミルクは二個だよね。はい」

「ど、どうも……」

なんで、知ってるんだろう……俺の好み……。

ありがたく受け取りながらも、俺の顔にはそう書いてあったんだろう。北村さんは、さらっと。

「隣でいつも見てれば、覚える」

「あ、そ、そうですね」

やばい……俺、北村さんのコーヒーの好みなんて知らない……。

つか、普通そこまで気がつかないと思うんだけど。仕事ができる人って、こういうところも違うのかな。

「それ、Ｅ－ＶＡＣ社のシステムの件だっけ」

「はい、そうなんです。昼過ぎに仕様変更の連絡がきて……参っちゃいますよ」

「手伝うよ」

「え、北村さんがっ？」

まずい、と慌てて口元を押さえたけど、後の祭りだった。

うわ、北村さん、むかついてないといいけど……。

おそるおそる北村さんを見ると、別段変わった様子はなかった。どちらかといえば、いつも無表情だからなぁ、そういえば。ただ、一言。

「……これと似たシステム、このあいだやったから。役に立てると思うよ。課長、俺も今日は高瀬と残りますから」

「おお、そりゃ心強いや。よかったな、高瀬」

「はい！　……あ、ありがとうございます！　本当に助かります‼」

心からそう言って、俺はコーヒーを手に深々と頭を下げた。

実際、北村先輩が手伝ってくれるなら、百人力は間違いない。

あ〜、よかった！　助かった！

……って。

俺はそのときは、本気で、そう思ったんだ。

まさか、あんなことになるなんて、想像もしていなかったから……。


ひとり、またひとりと、オフィスから人が減っていく。

フロアも次々と消灯されて、今明かりがついているのは、俺のいる島一つだけだ。

北村さんは、無言のまま、とんでもないスピードでキーボードの上の両手を動かしている。俺も必死で、頭を振り絞って作業にあたった。

なんとか目処《めど》がついた頃には、終電も危うい時刻になっていた。こんな時間まで残業したのは、駆け出しの新入社員の頃以来だ。

「はー……なんとか、なりそうです」

「うん。あとはテストして、マージしちゃお。これでレビュー出せるね」

「はい。北村さん、本当にありがとうございました。あの、今度なにか、お礼をさせてください」

マジで、飲み代をおごってもいいくらい助かった。

同じチームだから、知ってはいたけど、それ以上に。北村さんは、本当に有能で、仕事が早い。

今まで、変人って思ってて、悪かったなぁ。ただ単に、無口なだけなのに。

「お礼……かぁ」

「はい！　なんでもいいですよ。……あ、あんまり高くないやつで」

えへへと俺はおどけて笑った。

北村さんは「そうだなぁ」なんて言いながら、飲み残しのコーヒーが入ったカップを手に、席を立った。帰る前に、洗いに行くんだろうな。

「……おっ、と」

「あ」

その手が滑って、カップが床へと滑り落ちる。なかに残っていたコーヒーは、俺のスーツの肩にかかって、大きなシミを作った。

「悪い。……ちょっと、疲れてたのかな」

「いえ！　割れなくてよかったです」

飲み残しだったたから、量も少ないし、すっかり冷めてて火傷《やけど》もしていない。

俺の安いスーツくらい、洗えば済むことだ。

「でも、そのままじゃシミになるよ。洗うから、脱いで」

「あ……い、いえ」

脱ぐのは、ちょっと……困る。

一応、胸潰しは巻いてるから、シャツ一枚でも平気っていえば、平気だけど……、万が一ってこともあるし……。

そう、逡巡《しゅんじゅん》する俺に向かって、北村さんは淡々ととんでもないことを口にした。

「別に、女の子なことは知ってるから。気にしないで脱げば？」

「え……ッ！　な、なんでっ⁉」

コーヒーの好みはともかく、この数日での変化なんて、なんでバレてんだ!?

この人、どこまで鋭いんだよ……。

「ああ、本当にそうなんだ」

「え、え、……え？」

――ひっかかった。

そう気づいたところで、もう遅い。

キャビネットに片肘《かたひじ》をつくと、細いフレームの眼鏡越しに悠然と北村さんは硬直する俺を見下ろした。

「土曜に、山野さんと一緒だったでしょう。髪の毛も長いし、見間違いかと思ったけど、やっぱりそうだったんだ」

「あ……！　あれ、やっぱり、北村さんだったんですね」

「うん。そう。……ねぇ、どうしちゃったの？　もともと女の子だったわけじゃないでしょ」

「はぁ……まぁ……」

俺はうつむいて、もじもじと膝をあわせた。

こんな荒唐無稽《こうとうむけい》な話、そうそう信じてもらえるとは思えない。将成なら、ともかく。

……でも、考えようによっては。

「………」

ちらっと、俺は北村さんを見上げた。

いつも通りの、落ち着いた表情。別段驚いた様子でも、ない。

賢くて、口が堅くて、頼りになって、同じチームの人で。

北村さんが味方になってくれたら、安心感は増す、よなぁ。

悪い人じゃ、ないと思うし……だったら……。

「理由は、全然、わからないんですけど。……突然、こうなって、て」

「こうって、女の子の身体ってこと？」

「はい」

「ふぅん。……まぁ、とりあえず上着は脱ぎなよ」

「あ、はい」

たしかに、濡れた肩が冷たいし、俺はとりあえずスーツの上着を脱いだ。

「これだと、よくわからないな。ね、シャツも脱いで」

「は？」

シャツも、脱ぐって、……それは、ちょっと……。

「別に、男同士なんだし、平気でしょ」

「まぁ……そうです、けど」

……他に誰もいないし、いいか。胸潰しは巻いてるから、裸になるわけじゃないし。

そう思いながら、俺は、白シャツの前ボタンを外していった。

「ふぅん、そういうのつけてるんだ。でも、かなり苦しそうだね」

「そうなんですよねぇ……でも、仕方ないですから」

「外しちゃいなよ」

さらりと言われて、俺は今度こそ、驚きで北村さんを見上げた。

「いやぁ、さすがにそれはちょっと……」

ははっと笑って、誤魔化したつもりだった。

なのに、北村さんは、――初めて、口元に笑みを浮かべて、言った。

「……じゃ、言い方変えようか？　まわりにバラされたくなかったら、外しなよ」

「……え？」

な、なにを、言ってるんだ？

バラされたくなかったらって……これ、俺、脅迫……されて、る？

すぅっと背筋が寒くなる。喉を絞められたみたいに、変に、息苦しい。

「自分じゃできないの？　仕方ないね。……へぇ。普通のブラと違って、前にホックがあるんだ」

「や、やめ……っ」

「いいの？　みんなに、バラして」

至近距離で囁《ささや》かれて、動けなくなる。

「困るよね、そんなの。今時、再就職だって簡単じゃないんだから。それに、山野さんだって、寂しいんじゃない？」

将成の名前を出された瞬間、びくって、肩が震えた。

寂しいかどうかは、別としても。将成がせっかくいろいろ考えて、用意してくれたのに、それを無駄になんてできないし。

俺が、ちょっと我慢すれば、いいだけだ。

お、男なんだし。胸を見られるくらい、別に……どうってこと、ない！

「……へぇ。案外、大きいね。これを潰してたんじゃ、そりゃ苦しいはずだ」

淡々とした口調のまま、はだけたブラからまろびでた俺の胸を、北村さんは見つめている。

「……こ、これで……いい、ですよね」

「まだ。隠さないで」

う……。

やっぱり、恥ずかしい。

「……すごいね。誰もいないとはいえ、会社のフロアでさ、上半身はだけて、おっぱい丸出しにしちゃって」

「……っ」

だ、誰のせいで……っ！

そう言いたくても、言い返せなかった。

恥ずかしすぎて、身体が熱い。息が乱れて、苦しくって……。

「……興奮してるんでしょ。乳首、立ってきてる」

「そんな、わけ……」

「ないの？　本当に？」

北村さんは、ただ、俺の胸を見ているだけだ。指一本、触ってない。

なのに……どんどん、両胸が熱くて、じんじん、痺れるみたいで……。

頭が……ぼうって、してくる……。

「電車のなかで……見てたよ？」

「……電車？」

まさか、それって……。

「痴漢。……みんなに見られてんのに、ずいぶん感じちゃってたね」

「ち、が――っ！」

思わず席を立って、反論しようとして……足に、力が入らなかった。よろけてデスクにもたれた俺に、北村さんが、笑う。

その顔は、妙に無邪気な子供みたいで、彼の言動と一致しなすぎて、ますます混乱してしまうような、そんな笑顔だった。

こんな顔して笑うんだ。

知りたくなんか、なかったけど。

「あのときも思ったけど、今、確信した。あのさぁ、君って、相当なMだね。こんな恥ずかしい目にあわされて、興奮してんだから」

「して、ない……」

デスクに手をついて、俺は首を横に振った。

興奮なんか、してない。絶対。絶対……っ。

「……そうかなぁ？」

「――ぁ、ッ」

ずっと見られて、敏感になっていた乳首を、急につままれて――一瞬、全身に、電流が走ったみたいだった。

目の前で、火花が散った、みたいだった。

「こんな反応しといて、呆《あき》れる。……ねぇ、もっと触ってほしいんでしょ？」

「や……ぁ、……だ、め……。いじっちゃ………ッ」

「どこを？　言わないと、わかんない」

北村さんの、長い指が、俺のおっぱいを掴んで。

親指で、乳首を押しつぶして、ぐりぐり、したりする、から。

「や……ち、ちくび……ぃ♥　だめ……だか、ら……ぁ」

全身、びくびく、して……も……おかしく、なり、そう。

こんなこと、会社のデスクで……どうか、してるし……っ。

「乳首弱いんだ？　じゃあ、弄るのはやめたげるね」

「ふ、ぁ……」

刺激がおさまって、ちょっと、一息つく。

でも、まだ……じんじん、してて……。

――カシャッ。

ぼんやりした頭に響いたのは、スマホのシャッター音だった。慌てて顔をあげると、北村さんは、楽しげに俺にスマホの画面を見せつける。

「ほら。……いい感じに、撮れた」

「――っ！」

一気に、血の気がひく。

そこには、あられもない姿をした俺が、はっきりそうとわかる角度で、写っていた。

「け、消してくださいっ」

「やだよ。もったいない。それより……」

「え……、ぁ、や、んっ！」

ちゅうって。

赤く充血した乳首を、北村さんが、咥《くわ》えちゃったから……！

「ふ、…ぁ、あっ！　や、……ぁッ♥」

ちゅばちゅば、やらしい音たてて、吸ったり舐《な》めたりされて……も……なに、これ……っ。指より、すっごい……ぞくぞくして、気持ち、いいよぉ……っ！

身体の奥が、じんじん疼くのが、わかっちゃう。もう、絶対……下着なんて、濡れてる

と思う。

やだ、恥ずかしいって、思うのに……。

「しがみついちゃって……ほんと、エロい身体してんね。よくこれで、男のフリしてられるって、感心するよ」

「ち、が……ぁっ」

足、がくがくしちゃって、立ってられない、から……しょうがなく、北村さんに、すがってるだけ、で……っ。

「乳首、両方ともビンビンだし……感度よすぎるでしょ」

くくって。喉の奥で、北村さんが笑う。

軽く歯を立てられると、痛いのに、……勝手に、声が出ちゃう。

悔しくって、辛いのに。びくって、身体は反応しちゃって。

——俺、ほんとに、Mっ気あんのかな……。

や、そんなわけないっ！　違うからっ！

「も……気が、済みました、か……？　俺のこと、バカにしたいなら、もう……いいでしょ……」

「え？　まさか。まだまだ、これからでしょ」

「まだ、って……」

そんな、もしかして……、ほんとに？

「下半身も、ちゃんと女の子になってるか。見せてもらわないと」

「…………ッ」

やばい。まずい。

この状況で、ぬるぬるになってる、アソコ、弄られたら……。

俺……絶対、イっちゃう……っ。

おかしく、なっちゃう。

「い、や……ッ」

それは、どうしても、嫌だった。

だって、なんか、女の子の身体でセックスなんてしちゃったら……もう、本当に、二度と男に戻れない気がする。

なんの根拠もない思い込みだけど、でも……っ！

「……そんな可愛い泣き顔、男を煽《あお》るだけだよ？」

「ぅ……っ」

唸りながら、必死に首を振って。そのときだった。

――『タンタラタララッタン♪……タンタラ♪』

聞き慣れたスマホの着信音が、無人のオフィスに鳴り響く。一度はポケットにしまったスマホを、北村さんが取り出した。ちらりと見えたその画面に表示されていたのは、俺らの課長の名前だった。

チッと舌打ちをして、北村さんがスマホを手に取る。

「……なんですか？　業務……ええ、まぁ。なんとかなりました」

い、今のうちだ。

慌ててカバンだけを摑むと、その場を逃げ出した。

トイレの個室に飛び込むなり、へなへなと崩れ落ちる。

「こわ、かった……」

自分の身体が、自分のものじゃ、なくなるみたいで。

どんどん、本当に、女になっていきそうで……。

俺、どうなっちゃうんだろう。

「……ちくしょ……っ」

涙でびしょびしょになった目元を、ぐいっとこすった。

まだ指先は、ちょっと震えていた。

大きく息をついて、なんとか、胸潰しのホックを元通りにはめ直す。服をきちんと整えた頃には、ようやく、落ち着けてきた。

ただ――これから、どうしよう。

明日だって、北村さんには会うんだし……。

「まいったな……」

将成に相談……っていうのも、なんか、頼りっぱなしで情けないし。

男なんだから、ひとりでビシっと解決しなきゃ。

「よしっ、……って、お!?　メール？　課長からかな」

カバンのなかで震えだしたスマホを手に取った。

メールは三件。将成から、残業頑張れって内容。課長からも、終わったら報告しろってメール。

それから、たった今、着信したのは。

「……北村さん……」

《今日は邪魔が入っちゃって、残念だったなぁ。

今度、俺ともデートしてよ。

イヤとは言えないよね？

じゃあ、また明日。》

「デート!?　んなもの……」

イヤに決まってる！

――でも、そうだ。イヤとは、言えないんだった……。

添付されてた画像は、さっきの、俺の半裸のもの。

もし断れば、これをどうされるかなんて、誰でもわかる。

だから、言うことを聞くしかない。……ないんだけど……。

どうしよう。また、あんなことされちゃうのかな。

あんなふうに……恥ずかしいことさせられて……いじめられて……。

「……っ」

想像した途端に、ぞくぞくって。

勝手に、身体が震えて。股間がぬるってしたのが、自分でわかった。

は……恥ずかしすぎる……っ!!

もう、本当に……俺、どうなっちゃったんだ?　それで……どうなっちゃうんだろう

……。

「高瀬、いい？」

将成に声をかけられて、俺はパソコンから目をあげた。

取引先から帰ってきたところなのか、将成は額に浮かんだ汗をハンカチで拭き取って、
ふぅっとため息をついている。

「……えっと、なにか？」

トラブルでもあったんだろうか。

いや、仕事の上で、俺が将成を手助けできることなんて、ほとんどないはずだけど。

「ん、次の金曜、あきそうだからさ。飯食いに行かないかなって思って」

「あ……」

次の金曜。その言葉に、つい、俺の意識が背後に向かう。

――その日は、北村さんと約束があった。

「その日は、ちょっと……」

「あ、予定あんだ」

「……まぁ……」

北村さんと出かけるくらいなら、将成と飯に行くほうがずっといい。

断りたくなんか、ない。だけど。

「じゃあ、別の日でもいいんだけど……」

その場で話を続けようとする将成の言葉を遮るように、俺は席から立ち上がった。

「あの、コーヒー買いに行くから、つきあって」

「……ああ、わかった」

将成を連れて、そそくさとデスクを離れる。背中に、北村さんの視線が張りついてるみたいで、……なんか、いたたまれなかった。

廊下の突き当たり、喫煙室のそばの自販機あたりは、ちょっとした社員の休憩スペースだった。備え付けの椅子に腰かけて、将成は唇をややとがらせて俺を見上げる。

「あそこで話したらまずかった？」

「そりゃ、仕事中に、完全に私語ってのも……さ」

「別にあれくらい……まぁ、いいけど」

「あ、お前もなんか飲む？」

自販機から缶コーヒーを取り出して、将成に尋ねると「んー、いい」と返ってきた。でも、なぁ。

「………はい」

「ん？」

押しつけたのはアイスコーヒーだった。将成の好きな、無糖のほう。

「いいのに」

「そんな汗かいてんだから、飲んどけって。たまにはおごるし」

「……ありがと」

う。これくらいで、そんな嬉しそうに笑うなよ。

ただでさえ男前なんだから、ちょっと……なんか、ぐってくるんだよ。

今すぐ、抱えてること、全部吐き出して、頼りたくなる。

……しちゃだめだって、わかってんのに。

「嵐、最近ちょっと様子変だから、心配だったんだけどさ。……考えすぎだったかな」

「え。変って、な、なにが？　お、女っぽくなってきた、とか？」

「や、そっちは別に。ただ、なんか、ビクビクしてるっていうか」

「べ、別に。大丈夫だって！　案外、この身体も慣れてきたし……」

自分の身体を抱えるみたいにして、目を伏せた。

じっと俺を見つめる将成の視線が、なんだか痛い。

全部、見透かされてるみたいで。

このあいだの、あの、恥ずかしいこととかも、全部。

「……なんかあったんだろ。お前、わかりやすいんだから。それとも、俺には言えない、とか?」

「ち、違う。そういうわけじゃないけど、……」

きっと、頼ればいいことくらい、わかってる。

将成ならうまくやってくれるだろう。

でも、俺のプライドが、それを許せなかった。なにもかも将成に頼ってなんとかするなんて、赤ん坊じゃあるまいし。

「男なんだし、ひとりでなんとかする。そんな、なんでもかんでも、将成に報告する必要ないだろ」

口にしてすぐに、ハッとした。

言いすぎた、って。

でも、将成は怒るでもなく、ただ。

「……まぁ、そうだな。悪い」

そう謝ってくれて、それから、続けた。

「ただ、心配だからさ。身体も、普通じゃないんだし。メンタルが不調になってもおかしくないんだから」

「……ごめん、その……」

将成の心配はもっともで。

それを突っぱねたのは、ただ、俺のつまんない意地なのに。

「いいよ。なんでもないなら、いい」

にこやかに微笑んで、将成は立ち上がった。

――なんでもなく、ない。

そのスーツの背中を掴んで、訴えそうになった。だけど。

「高瀬」

「……北村、さん」

北村さんが、書類を手に、立っていた。

――口元に、かすかに、笑みを浮かべて。

「この資料、残りどこにある？」

「あ、今戻ります。すみません」

謝って、それから、俺は無意識に右手で心臓の上あたりを軽く叩いた。

「じゃあ、また」

「おう。……コーヒー、ありがと」

将成は、ただじっと、そんな俺の姿を見送っていた。

「いいの？　山野さんの誘い、断っちゃって」

ぼそ、と北村さんが言う。断る理由は、一番知ってるくせに。

本当に意地の悪い人だ。

「……いいんです」

でも。

そうとしか答えられない俺は……ただの、ダメな男だった。

「メニュー、選んでもらっていい？　なんでも、好きなのでいいよ」

「えっと……なんでも、いいです。北村さんと、同じので」

「だめ。君が食べたいものを、俺も食べたいから」

北村さんの瞳が、眼鏡越しにじっと俺を見つめている。ちょっと潤んでるみたいな黒い瞳は妙に色っぽくて、もし俺が女の子だったら、一発でノックアウトされてそう。

まぁ、俺は男だし、脅迫されてる立場だし、そう簡単にふらふらなんてするわけないけど。

……っていうか、このメニュー、読めないし……！　ついでにいえば、なんで値段、書いてないんだっ!?

控えめで軽やかな生ピアノの演奏をバックに、落ち着いたフレンチレストランの一角で、俺は冷や汗をかくしかなかった。

いや、正確には、さっきから冷や汗しかかいてなかった。


約束の金曜日。

就業時間を過ぎて、席を立つなり、北村さんに連れ出された。

てっきり電車で飲み屋にでも行くのかと思ったら、「今日は車だから」って、駐車場に連れていかれて。置いてあったのは、黒のレクサスだった。……ちょっと、意外だ。車とか、あんまりお金かけないタイプだと思ってたけど。

しかも、いきなり最初に連れていかれたのは、青山《あおやま》あたりのセレクトショップ。北村さんは、店員と親しいらしくて、到着するなり、俺自身にはろくな説明もないまま、あれよあれよとドレスアップさせられた。恥ずかしがる暇もなかった、マジで。

ワインレッドの、なんか、つるつるした気持ちいい素材のドレスと、キラキラした銀色のショールに着替えたら、そのまま店の奥で髪の毛もセットして、お化粧までさせられた。『キレイですよー』とか、化粧とかしてくれた店員さんにはやたらに褒められたけど、自分じゃ、なんとも居心地が悪い。っていうか、俺の顔じゃないみたい。

化粧って怖いな……と、しみじみ思った。

その上で、近くの隠れ家っぽいフレンチレストランに来たわけで……。

「前菜はウニの冷製フランとアスパラのポワレ。メインは魚のアラヴァプールで、肉は子羊のコンフィだって」

「……えっと……じゃあ、それで……」

……やばい。北村さんがメニューのフランス語を解読してくれたけど、それでもさっぱり意味わかんない。

「じゃあ、それとワインだね。俺は車だから、ノンアルコールだけど。なにかあるかな？」

優雅な手つきで店員を呼ぶと、ぱっぱとメニューを注文していく。

どうやらこの店も、初めてじゃないっぽい。

……もともと謎《なぞ》が多い人だと思ってたけど、マジで、何者なんだ？？

「あ、あの」

「ん？」

「北村さんて……俺と同じ、社員ですよね？」

そりゃ、年数分多少は収入が上だとは思うけど、だからって、このレベルの給料はもらってないと思うんだけど!?

「そうだけど、なんで？」

「いや、だって、金あるんだなって。この服とか、靴とか、相当高価《たか》いでしょ。それくらい、俺だってわかりますよ」

「まぁ、そんなに安くはなかったかな」

「う……ちゃんと、払います、から」

「いいよ、誘ったの俺だし、そういう格好見たかったのも、俺だもん。似合ってるよ、すごく」

「はぁ……」

俺に食前酒、北村さんにジュースが運ばれてくる。受け取って、乾杯ってする仕草も、とことんスマートでびっくりするくらいだ。

「あと、ね。俺、ぶっちゃけ土地持ちなんだよね。遺産相続してて。だから、別に働かないでも不動産収入がはいってくるの」

「……は？」

「さっきの青山の店の土地とか……まぁ、ここもなんだけど」

なるほど……道理で、常連っぽいんだ。でもまさか、そんな秘密があったなんて、全然知らなかった……。

「でも、働かないのも暇でしょ。だから、日頃はちゃんとお仕事してるわけ」

「はぁ……」

たしかに、北村さんはちゃんと仕事ができる人だ。頼りにもしてる。こないだも、実際ものすごく助かったし……あ、そうだ。

「あの」

「うん？」

「それとこれとは別なんで、一応、その、言いますけど。こないだは……ありがとう、ございました。あれだけ遅くまで残ってもらって、でも、そうじゃないと、絶対あの仕事、納品できなかったと思うので。そこは……感謝、してます」

その裏にああいう魂胆があって、その後あんな恥ずかしいことされて、脅迫される羽目になったのは、もちろん、許してない、けど。

助かったってことは、本当だし……。

ただ、俺の馬鹿正直な礼に、北村さんは一瞬あっけにとられて、それから……。

「……偉いねえ。どういたしまして」

そう、ふふって笑った。

なんかちょっと、子供扱いみたいな言い方はひっかかるけど。

「とりあえず、それは、ちゃんと、言いましたから」

もうあとは、気を許したりしないんだからな。

そうそう簡単に、北村さんのペースになんて巻き込まれないぞ！

内心で、強くそう決意して、俺はきりっと顎をひいて北村さんを見つめた。

「はいはい。……まぁ、ご飯食べようよ」

髪の毛をきちんと整えた女性が、しずしずと大きなお皿をテーブルに運んできた。

お皿の真んなかには、ちまっと小さなグラスが置いてあって、たぶんそのなかのが、ウニの冷製なんたらってやつなんだろうな。……腹減ってるし、なんか、一口で食っちゃえそうだけど……。

「ウニ、好き？」

「あ、……あんまり、食べたことないんで」

「そうなんだ。気に入るといいけど」

「いただき、ます」

緊張しながら、一口。おそるおそる、口に運んでみる。

…………うわああ、なんだこれ、うっまあああ!!

とろける！　とろってした！　そんで、口のなか、旨味《うまみ》しか残んない!!

「め、めっちゃ美味い……」

「……そう？　よかった」

だ、だめだ。顔が溶ける。勝手ににやけちゃう。

「ここ、肉も美味しいから。楽しみにしてて」

「肉……」

ごっくんって。唾を飲み込んでしまった俺に、あははって、北村さんが楽しそうに笑った。

　まぁ、そっからは。

　……正直、滅多に食べないフレンチのフルコースなんてものに、夢中になっちゃったわけで……。

　いや、無理だって！　あれだけ美味いもの食べながら、警戒し続けるとか、ないって！　日頃、ちょっと苦手なワインも、料理と合うといくらでも飲めるし！　いや、あれも、高いワインだからなのか……？

　とにかく、その……。

「子羊って、こんな柔らかいんだ……！」

　北村さんおすすめだけあって、メインの子羊は、柔らかくてジューシーで、たまんない味だった。

「あんまり食べない？」

「今までは、あんまり……。イノシシは、わりと食べたことあるんですけど」

「イノシシ？　そっちのほうが、珍しくない？」

　驚いた反応が嬉しくて、ついにやっとしながら、俺は答える。

「うち、実家が山梨なんで。あっちって、わりと食いますよ」

「ぼたん鍋《なべ》っていうんだっけ」

「そんな洒落《しゃれ》た言い方じゃなくて、ただのイノシシ鍋っすよ」

「いいなぁ。今度食べさせてよ」

「そうですね、秋になったら……」

いや。和やかに返事とかしてどうする!!

相手は俺にセクハラしてきた上に脅迫までしてきてる、非道な変態なんだからな！ 気を抜くな!!

ただ、……。

「うん、楽しみだなぁ」

にこにこ、チーズとか、食ってて。

たぶん、社内の誰も、北村さんのこんな顔知らないだろうなぁって思う。俺だって、こんなことにならなかったら、見ることなかっただろうし。

なんか、それが、あんまり嬉しそうだったりするから……調子が、狂う。

そのとき、不意に、カバンのなかでスマホが鳴った。

「……すみません、会社から、なんで」

断って、スマホ片手に席を立つ。ちょっとだけ、足がふらついた。……思ったより、ワイン、まわってるみたいだ。

それに、これ！　このハイヒール！　女の子って、なんでこれで歩けるんだ？　ドレスもなんか、スースーするわりに、まとわりつくみたいだし。ったく、もう！

けど、なんの用事だろ？　トラブルじゃないといいんだけど……。

「……はい。高瀬です」

トイレに続く廊下に出て、電話に出た。聞こえてきたのは、予想外にも。

『嵐？』

「……将成」

まだ残業してたんだ。

……なんか俺だけ美味いものとか食ってて、ちょっと、罪悪感だな。

「まだ会社いたんだ。珍しい」

将成も仕事が早いから、こんな時間までいるなんて、滅多にないのに。

『ちょっと、連絡待ちしてて。それで、今どこ？』

「あー……青山のレストラン。なんとかレーヴってとこ」

『は？　青山？　なんで？』

「えっと……」

たしかに、普段行くような場所じゃないし、将成が盛大に戸惑うのもわかる。でも、なんて言ったらいいんだか……。

「ちょっと、その、おつきあいってやつ！　でもまぁ、もう帰るとこだから。そしたら、また連絡するな。じゃ！」

『おい、嵐？』

訝しむ将成の声を無視して、一方的に通話を切った。

今日は、ひとりでなんとかするんだって、心に決めてきたんだから。

「はー………」

深く息をついて、それから。

俺は、北村さんが待つテーブルに、足下に気をつけて、ゆっくり戻っていった。


「ご馳走《ちそう》、さまでした」

「美味しかったねぇ」

結局、デザートまできっちり食べて、もう腹はパンパンだ。

北村さんが、いつの間にか会計もしちゃってたけど、……いくらだったのかなぁ。

「なんか……すみません」

「だから、いいんだってば。じゃ、送っていくよ」

「そ、それは……」

今日、ここまで、完璧《かんぺき》にデートで。

っていうことは、ここで車に乗ったらどうなるかってことくらい……さすがに俺だってわかってる。

酒のせいもあるけど、心臓の音が、ひときわ身体のなかで大きく響く。ドキン、ドキンって。

拳《こぶし》を握って。胸の上を、とんとん、と叩いた。勇気を出して。

「じ、自分で、帰れます。今日は、ありがとうございました！」

頭を下げて、そのまま、くるっと回れ右をしようとしたけど。

「だめだよ、そんなの」

腕を掴まれて、さらに半周、くるんとターンさせられる。

「服とかは、ちゃんとクリーニングして、お返ししますし。お金だって……」

「そういう問題じゃないって、わかってんでしょ？」

くくって、北村さんが笑う。

さっきより、低い声。背筋が、ぞくっと震えた。

「つまんないこと言わせないでよ。……断れる身分じゃないんだから」

北村さんは、手に摑んだスマホを軽く振ってみせた。

そこにあるデータを、見せつけるみたいに。

「………」

俺は、唇を嚙む。

そうだ。どんなに優しく接してくれたところで、この人は、こういう人なんだ。

気を許しかけた自分を呪《のろ》いながら、仕方なく、俺は北村さんの車に乗り込む。

――視界の端に、よく知ってる車があった気がしたけど。

きっと、気のせいだろうと思った。


「……あの。家、こっちじゃないんですけど」

「いいでしょ、ちょっとくらい。つきあってよ」

都内の道には、あんまり詳しくないから、どこをどう行ったのかは……正直よくわからない。

たどり着いたのは、人気のない倉庫街みたいなところ。日の出桟橋、とか、近くに書いてあった気がする。オレンジ色の街灯に照らされて、コンクリートで固められた岸壁の向こうは、真っ暗な海が広がってた。その向こうには、東京の夜景が光っている。

正直、こんなすぐ、海だったんだってことにびっくりした。山梨育ちの俺にとっては、海はいつでも少し特別な、非日常の存在だったし。

「高瀬、さぁ」

エンジンを切って、ハンドルに手をかけたまま、北村さんが口を開く。

「きれいになったよね」

「……え」

「女性ホルモンとかのせいなのかなぁ。肌とか、つやつやしてる」

そんなの、自分じゃよくわからない。なんとなく指先で頬を触ってみた。そりゃたしかに、ヒゲは全然生えなくなったなぁって思うけど……。

「あの。北村さんこそ、驚かないんですか？　その……俺の、変化のこと」

「一応驚いたよ？　それこそ最初見かけたときは、夢でも見てるのかなって思ったし」

ああ、やっぱり驚いてはいたんだ。そりゃそうだよな……。

「でもまぁ、その次は、普通に興味出てきてさ」

「興味……？」

「うん。なんでそうなったのか、とか。女の子として、ちゃんと感じるのかな、とかね」

「そ、それで、あんな……っ」

思い出すだけで、顔が熱くなる。

あんなの、あれを、ただの興味本位でやってんのか!!

「うん。そう。まぁ、予想以上だったけどね。高瀬って、もとからわりと可愛い顔はしてたけど、あんなにエロい反応してくれるとは思ってなかったしさ」

「…………」

俺は、ごそごそとカバンに手をやった。荷物を弄る俺を、北村さんの手が掴む。

「なにすんの？」

「……帰り、ます。こっから、タクシーでも、いいし」

「ダメに決まってるじゃん。バカだなぁ」

呆れたようにため息をついて。北村さんは、自分のシートベルトを外すと、俺にむかって身を乗り出してきた。

「やめて、ください。俺、男ですよ？」

「今は違うじゃん。……それに、羨ましいけどなぁ。女のほうがさ、いろいろ得じゃん。おごってもらえるし？　それに……セックスだって、男より気持ちいいんでしょ」

「や……っ！」

ガタンって。

北村さんが、俺のシートの背もたれを倒す。ただでさえ広くない車内じゃ、押しのけるのも至難の業だ。それに。

「このあいだも、気持ちよかったんでしょ？　高瀬、すごい興奮してたもんね」

至近距離で囁かれて、吐息が肌を撫でる感触にすら、背筋が震えた。

「あ、あれは……ち、が……っ」

「違わないでしょ」

「……ほんとに、やめてください。その……ご馳走してもらったのは、感謝、してます。助けてもらったことも。でも、だからって……」

「だから、って？」

「っ！」

オフショルダーのドレスは、首も肩も丸出しだから。

いきなりキスされて、俺は息を呑《の》んだ。

覆いかぶさったまま、北村さんの手は、もう俺の身体を探り出してる。

必死で、じたばた、してみるけど。びくとも、しなくて。

畜生。北村さんだって、華奢っぽく見えるのに。こんなに男の力って、強いもんだったっけ？

「お、れ……その気、ないです、からっ」

「断っちゃって、いいの？　あの写真と一緒に……みんなに、ばらすよ？」

「そ、それは……」

「困るんでしょ。それなら、……おとなしく、してたほうがいいよ」

「ん、……っ」

押さえ込まれて、無理やり、キスされた。

——別に、キスが初めてってわけじゃない、けど。こんな、無理やりなんて。

きついくらい、舌ごと吸い上げられる。息もできないくらい、激しい、キス。

ワインのせいもあって、頭が、ぼうっとする。

「ぁ、…………っ！」

「ホント……敏感だよね、高瀬って」

もう弱い場所なんて知られてるみたいに、北村さんの指が、俺の肌の上を這《は》い回って。

そのたび、そこが熱くなって、痺れるみたい、で。

「や……、ぁッ！」

ヤバい。力、抜けそう。これじゃ、ホントに、いよいよ……。

そう、泣きたくなった、ときだった。

——ドンッ！

「え!?」

一回。めちゃくちゃでかい音と同時に、車体が、揺れた。

次の瞬間、ドアが開いて、俺と北村さんの間に、ぬっと腕が入り込む。

その腕の、持ち主は……。

「……将成!?」

「警察に通報されたくなかったら、嵐を離せ」

いつもよりさらに低い、唸るような声でそう告げると、将成は俺のシートベルトを外した。視線だけは北村さんを睨《にら》みつけたまま、抱えるようにして、俺を車から引きずり降ろす。

「大丈夫か、嵐！」

「将成……」

驚く俺を、一瞬、将成が痛いくらいに抱きしめた。

心配してくれていたんだって、直接、肌から伝わってくるみたいな力強さで。

なんか、ヤバい。

泣けてきそう。

将成が、いる。ここにいて、俺をぎゅってしてくれてる。——それが嬉しくて。

「あらら、見つかっちゃったか」

おどけた口調で言うと、北村さんは、あっさりその手をひいた。そして、一緒に車を降りる。

「見つかっちゃったか、じゃない」

「うーん、よくわかったね。あ、はい。これ、高瀬のカバンと荷物」

助手席の足下に残ってたカバンと紙袋を差し出されて、将成がひったくるように受け取った。それから、腕のなかの俺に渡してくれる。

「もしかして、山野さん、ついてきてました？」

「だったらどうした」

今すぐにでも殴りかかりそうな目つきで、将成が北村さんを見据える。

「まぁ、落ち着いてくださいよ」

肩をすくめて、それから、北村さんは俺に向かって微笑んだ。

「でも、また高瀬は俺と遊んでくれるもんね？　俺には、アレがあるし。……山野さんにだって、見られたくないでしょ？」

「…………」

俺は、うつむいた。

「嵐？」

将成が、怪訝そうに俺の名を呼ぶ。

あんな写真、見られたくない。それは本当だ。

だけど、でも……。

「遊びま、せん」

「え、いいの？　……画像、うっかり流したちゃうかもしれないよ？」

「お前な!!　嵐の身体のことをバラすっていうなら、俺もどんな手を使ってでも、お前を会社からいられなくしてやるからな！」

将成が吠《ほ》える。だけど、その腕をひいて、俺は、かわりに言った。

「大丈夫。……あの、北村さん。俺も、そういう切り札、もう、あるんで」

高鳴る鼓動を抑えるみたいに、また、胸のあたりを、片手で軽く叩いて。俺は、スマホのアプリを、指先で操作した。

途端に、流れだした会話。

『なにすんの？』

『……帰り、ます。こっから、タクシーでも、いいし』

『ダメに決まってるじゃん。バカだなぁ』

「……さっきの、やりとり。俺が男だろうと、女だろうと、脅迫してるのがそっちのほうなのは、誰が聞いたって、わかりますよね……？　こっちのほうが、よっぽど、犯罪でしょう」

会社にいられないどころじゃない、はずだ。

再生を一旦止めて、俺は、深く息をついた。

ここ数日、俺なりに考えた、精一杯の反撃だった。

どうだ、この野郎！

「そっかー」

……おい。

さすがに、ガタガタ震えて命乞《いのちご》いしろ、とまでは思ってなかったけど、北村さんときたら、せいぜい『ちょっと困ったな』程度に眉根を寄せて、腕組みをした程度だった。むしろ。

「高瀬にそんな芸当できるとはなぁ。ちょっと意外だった」

「あ、あんま、バカにしないでくださいっ」

「うん、そうだね。ここはたしかに、俺のほうが分が悪いね。……ただ、前より好きになっちゃったなぁ」

「は？」

そう口にしたのは、俺だけでなく、将成もだった。

むしろ、将成のほうがあっけにとられていたかもしれない。

「俺ね、嫌われちゃうと、萌《も》えるタイプなんだよね。本当はどちらかっていうと、俺自身がMっ気強いほうなのかも。ふふ」

え、ええと……。

日本語なのに、意味がわからないぞ……これ……。

「そんなことはどうでもいい。とにかく、金輪際、卑怯《ひきょう》な手で嵐に絡むのはやめろ。次は、俺も許さないからな」

「わかったよ。そこはお互いね、秘密は守ろうってことで。それで、いい？」

「……はい」

俺は頷く。

これ以上おかしなことをされないなら、ほんと、……それでいいし。

「じゃあ、また月曜ね。おやすみ」

とはいえ、最後までまったく悪びれない北村さんのメンタルって、一体どうなってるんだろ……。

呆然《ぼうぜん》としてたら。

「嵐、先車乗ってて」

そう言われて、背中を押された。えーっと。将成の車は……あっちか。

カバンと紙袋を抱えて、ひょこひょこ車に近づいて、助手席に乗り込む。将成は、少し遅れて乗り込んでくると、数度、右手首を軽く振った。

「どうかした？」

「ん？　別に。もう、とっとと帰って、寝よ」

ふわぁ、と将成があくびをして、エンジンをかけた。

まぁ、実際……今週も、いろいろ疲れた。

いや、この身体になってから、とにかくろくなことがないけど……。

車が走りだす。将成の端整な横顔を、流れていく街灯が断続的に照らしている。

ほっとして……同時に、改めて、手が震えてることに、気づいた。

怖かった。なんとかなったけど、けど、やっぱり……。

「……将成。助けに来てくれて、ありがと」

ひとりでなんとかするつもりだったけど、やっぱり、将成があそこで来てくれなかったら……。

「最近、北村といるとき、お前、いっつもあの癖やるから。なにかあんのか、気になってたんだ」

「癖？」

「こーやんの」

そう言って、将成は、右手で自分の心臓の上あたりを軽く叩いてみせた。

「お前、緊張してるときとか、怖いときに、やるじゃん。いっつも」

「……う、うん」

それは、たしかに俺の癖だ。でもそれを、将成も知ってるなんて、思わなかった。

将成が言うには、今日、俺と北村さんが二人で退勤するのを見かけたそうだ。飲みに行くのかなとは思ったけど、気になって、仕事終わりに電話をくれたという。

そのときの俺の反応も微妙だったから、青山のレストランをナビで調べて、迎えに来てくれたらしいんだけど。

「ちょうど、駐車場で揉めてて。そのまま、連れていかれたから、慌てた。なんとかついてこれたけど、すぐ近くで一旦見失ってて。……もっと早く助けられたらよかったんだけどな」

「……ううん。ありがと」

充分だ。っていうか、充分すぎるだろ。

「けど、なんでバレたんだ？」

「あ……えっと、それは」

俺は、かいつまんで事情を話した。

会社で襲われかけたことは、さすがにボカしたけど。

あんなこと、やっぱり言いたくないし。

「災難だったな。けどなぁ、お前もほんと、気をつけろよ？」

「ん……」

その通りすぎて、耳が痛い。

「とりあえず、お前の家送るわ。それと……その格好、さぁ」

「あ……」

そういえば。まだあのドレスのまま、俺は着替えてない。

思わずぎゅっと、カバンを抱えて縮こまった。

「し、仕方ないだろ！ なんか、北村さんに、強引に……。変なことはわかってるし！」

「いや？ 似合ってるけど。……あいつが買った服なのか、ふぅん」

「クリーニングして、返すし」

「別に、そのまま捨てとけよ」

俺よりよっぽど容赦のない態度で言い捨てると、将成はアクセルを強めに踏んだ。

「……将成」

うつむいて、俺はぽつりと口を開く。

「ん？」

「俺……悔しかった。男なのに。全然、力、敵わなくて」

女って、こんなに弱いのかって、驚いたし。

それに、なにより。

「……怖い」

「悪かったって。ちゃんと、守ってやるから」

「違うって。そうじゃなくて、……なんか……」

俺が、怖いのは。

……きれいな服で、ちやほやされて。ちょっとだけ、ドキドキ、したんだ。

強引に求められて、イヤなのに、……身体だけは、反応しちゃうんだ。

俺の身体は、確実に女の子になっていて。

引きずられるみたいに、俺の人格まで、変わっていきそうで。

それが、怖くてたまらないんだ。

「このまんま、女の身体でいるうちに、……心まで、ホントに、女になっちゃうんじゃないかって……」

別に、女嫌いじゃない。そういう意味じゃなくて。ただ、純粋に。

俺が、俺でなくなるのは……イヤなんだ。

怖いんだ。すごく。

「俺……ちゃんと、男なのに。この身体でも……心は……」

涙が勝手に溢れてきて、言葉が、途切れた。

泣くなんて、恥ずかしいって思ってるのに。でも、止められなかった。

「…………」

将成は、なにも言わなかった。

ただ、無言のまま、車を走らせていく。

――しばらく、たって。

赤信号に停まったタイミングで、将成が、ようやく口を開いた。

「昔、さぁ。近所の川の水源がどうなってるんだろうって言い出したことあったよな」

「……う、ん」

突然、なにを言い出すんだろ。

たしかに、そんなこともあったけど。

「夏休みだったから、暇だったんだよな。で、ずーっと川のなか歩いていけば、いつか着くんじゃねーかって言って。それで、山のなかで日が暮れるわ、急いで帰ろうとしたら道に迷うわで、結局めちゃめちゃ怒られたんだよなぁ」

「あー……あったなぁ」

半分忘れてたけど。たしか、二人とも小学生で、俺はまだ低学年くらいだった気がする。

今思うと、すごい距離歩いてたんだよな、たしか。夢中になったガキって、すごいなって後で思った。

「あのとき、お前、必死で俺のこと庇《かば》ってたの。覚えてる？」

「え？　……全然」

そんなこと、したっけ？

マジで、全然覚えてない。

「なんだよー。俺、けっこう感動したのに」

「そう、なの？」

「うん。ほら、俺のほうが年上だしさ。ちゃんとしてなきゃだめだろうって、俺ばっか叱《しか》られてたら、嵐、それはおかしいって。俺が行きたいって言ったんだって、ずっと俺のこと、庇ってくれたんだよ、お前。ちっちぇー身体で、必死に腕広げてさぁ」

将成はそう言って、目を細める。

覚えてないけど、でも、……気持ちは、わかる。

「中学のときだっけな。俺を生意気だってシメようとした上級生に、なんでかお前のほうがキレて、大げんかしたりもしたしなぁ」

「あ……」

それは覚えてる。あのときも、まぁ先生に叱られたけど。でも、間違ったことをしたとは、今も思ってない。

「あれは、絶対あっちが悪いんだからな」

「うん。まぁ、そうだけどさ。……だから、ずっと、俺も嵐に守ってもらってきたんだよってこと。別に、その二つのことだけじゃなくて。社会人になってからも、そういうこともあったし」

少し照れくさそうに笑って。

将成は手を伸ばして、俺の頭を、ぽんと撫でた。

「お前はなんにも変わってない、俺の知ってる嵐のままだよ。正義感が強くて、真面目《まじめ》な、自慢の弟だから」

将成の低い、心地よい声で紡がれるその言葉は、俺の心の深いところまで、まっすぐに入り込んでくるみたいだった。

それが、嬉しくて、安心できて……。

「将成……」

なんでだろう。

でも、なんか。

胸の――奥のほうが、じんわり、痛かった。

その痛みの理由。それは……。

「……ありがとう」

礼を言って、俺は、ただ目元の涙を拭った。


家に着いて。

ひとりきり、ドレスを脱いで、シャワーを浴びた。

鏡に映る姿にも、もう、前ほどびっくりしたりはしない。

柔らかい、女の、身体。

自分で触ってみても、その感触は、前とは全然違う。

「…………」

さっき。

将成の言葉が、嬉しくて、……同時に、辛かった。

『自慢の弟』

そう言われることは、密《ひそ》かに誇りにしていた。大好きで、憧れの将成の、たったひとりの弟ポジションにいることが嬉しかったんだ。

でも。

今は、辛い。

気づいちゃったんだ。
さっき。助けに来てくれた将成の姿が、本当に嬉しかった。
車から降りて、抱き寄せられたとき、胸が、ぎゅうってなった。
あんなの、初めてだ。
俺からも抱きついて、そのまま、離れたくないって、思ったんだ。
——大好きだ、って。

もとから、将成のことは好きだったよ。
憧れで、大切で、大好きな人。それは断言できる。
でも、今の、俺のこの『好き』は、……そういうんじゃ、ない。
気づいちゃった。
わかっちゃった。
こんなことにならなければ、一生、目をそらしていられたかもしれないのに。

俺は、将成に、……恋を、してる。

だけど。将成は、俺を、ちゃんと男として見てくれてるから。

女だなんて、思ってない。

だから、告白なんて、できるわけない。

「……なんだよ、もぉ……」

この世界で、たったひとりだけ。

俺のことを、女扱いしてくれても、いい……それでもいいから、愛してほしい人なのに。

その人だけが、俺を、ちゃんと、男として見る。なにがあっても。

「自慢の弟、だもんなぁ」

ため息をついて、俺は床にずるずるとしゃがみ込んだ。

もう、なにもする気になれないや。

胸が、苦しくて。切なくて。

もう、早く、男に戻りたい。どんな手を使っても、なにをしてでも、いい。

そうしたら、もっとすぱっと諦《あきら》められるし。忘れられるよな、きっと……。

でも……どうすりゃいいんだ?

相変わらず、なんの手がかりもさっぱりない。

「男に戻る方法……男に……」

思わずスマホで検索したものの、見つかるのは創作ばっかりだ。

「……そういえば、なんか……」

不意に脳裏に蘇《よみがえ》ったのは、軽い口調の、あいつの声だった。

『俺の話を信じるかどうかは、高瀬次第。あ、これ、今の俺の連絡先。気になったら、電話して』

「阿良々木……」

俺は、名刺をしまってある引き出しに飛びついた。仕事以外の、ショップカードだのなんだのにまじって、そこには、たしかに一枚。

「みっけ！　あった!!」

阿良々木朋。

こいつがどこまで信用できるかは、わからないけど。

今の俺には、他になんにも思いつかないんだから。

「とりあえず、連絡してみるか」

無駄なら、無駄でいい。

それでも。

溺《おぼ》れる者としては、藁《わら》でも掴むしかないんだ。

阿良々木と連絡がとれて、実際に会ったのは、それから一週間と少したってからのことだった。

場所は、最初に偶然会ったカフェにした。そこなら、お互いにわかりそうだったからだ。

相変わらず、派手なビジュアル系のファッションに身を固めている。今日のTシャツは、骸骨《がいこつ》がギターを弾いているデザインで、逆にどこでそういうのは売ってんだろって思う。

「マジで、久しぶり〜」

そう言いながら、阿良々木は運ばれてきたココアに、テーブルの上の砂糖を山のように溶かしている。そういえば、すごい甘党だったっけ、こいつ。

「占い師、やってんの？」

「そう。占い師兼霊能者。まぁそこってほとんど一緒みたいなもんだしねー」

細い目をさらに細めて、猫のように阿良々木は笑った。

「で、あのさ……俺がこの身体《からだ》になった理由、本当に、わかるもんなの？」

「んー……ぼんやり、なんだよねー。それは。高瀬の口からも、教えてほしーし」

細い指で頭をかいて、それから、軽く首を左右に振る。

「俺の口から？」

「うん。そう。えーとぉ。なんか、気になることとか」

「気になるっていったって……」

「なんでもいーよ。ま、久しぶりなんだし。最近どぉなの？」

……うーん。

なんか、あんまり個人情報を渡すのは、やっぱためらうんだよな。

将成が疑うように、詐欺の可能性だってあるわけなんだし。

頼りたい気持ちもあるけど……当たり障りない話題だけに、しとこ。

「ここんとこ、暑いよな。……それと、お盆には帰ろうかなって思ってんだけど」

「高瀬んちの店、今もやってんだっけ」

「うん。ただ、ネット通販におされてっけど……まぁ、なんとかなってるよ」

俺の実家は、田舎のスーパーだ。近所のばあちゃんたちの大切な買い物場所兼たまり場なこともあって、低空飛行ながら一応安定した商売らしい。

「阿良々木は帰らないの？」

「うち、もうあそこに家ないのよ。親戚《しんせき》はいるけどねー」

「ふぅん」

なんて、本当にただの世間話をしているうちに、不意に脳裏に蘇《よみがえ》った映像があった。

地元の風景。裏山の、あの神社。

「……あのさ。俺の家の裏山にあった神社、覚えてる？」

「神社？　んなもん、あったっけ」

「あー、無人だったし、小さい祠《ほこら》？　みたいなの……とにかく、あったんだよ。よく夢に出てくんだけど」

「……へぇ。どんな夢？」

「変な夢」

そう、俺は顔をしかめた。

「いっつも、追いかけられてんだよ。俺はその神社に続く階段をさ、必死に駆け下りてんの」

夢のなかの景色は、いつも同じだ。

いつまでも終わらない、夜の階段。左右を囲む鳥居。

それから。

「許さないって、なんか、言われて……」

あの声の主が誰《だれ》なのか、さっぱりわからない。

「そういや、身体が変わったときも、あの夢見たな。初めて、捕まった感じもしたから、びっくりしたんだけど」

「それかー！」

いきなり、パチンと両手を打って、阿良々木がうんうんと頷《うなず》いた。

「なるほど、へぇ〜。そーなんだ。大変っすね」

「え、なにが。っていうか、お前今誰と話してんの」

「んー、高瀬の後ろの人。情報増えたから、ようやく聞こえてきたわ」

なんだそれ。どういうことだ。

後ろの人って……誰もいないじゃん、そんなの。

怪訝《けげん》そうな俺に気づいたのか、激甘ココアを一口飲んで、阿良々木は言った。

「守護霊とか、指導霊とか、まぁ名前はいろいろだけど」

「聞いたことはあるけど……今、真っ昼間だぞ？　幽霊って、夜だけじゃないのか？」

「幽霊とはちょっち違うし。まぁそれはいいの」

俺に対しては、しっしっと追い払うような仕草をして（失礼だな！）、ふんふんとさらに阿良々木はよくわからない感じでひとりで相づちを打っている。しかも、「あー、なるほどぉ」とかひとりで苦笑したりして。おいおい。

「……あのさぁ」

さすがに不審だし、イラついてきたとこで、ようやく阿良々木はぴたりと俺を見つめた。

あの細い目が、それでもまっすぐに、俺を見ているとわかる。

なんとなく、息を呑《の》んで。俺は、無意識に居住まいを正していた。

「高瀬自身のせいじゃない。そこはまず、言っとく」

「……うん」

「めっちゃ古い呪《のろ》いがあったんだよ。んー……人がいっぱい死ぬような……戦国時代とかなのかなぁ。はっきりはわかんないけど。高瀬のご先祖様って、わりと偉い武将だったみたい」

「ええ……？」

まぁ俺らの家のあたりだと、だいたいみんな武田《たけだ》家のなんとかの子孫、とかいうけど。大概眉唾《まゆつば》だって思ってた。

ただ、それと女になることに、なんの関係があるんだ？

「で、……んー、まぁ、当時は普通なんだろうけど……敵の一族郎党を殺しちゃって。その家にいた、巫女《みこ》みたいな力を持った人が、高瀬の家を呪ったたっぽいの」

「女に、なれって？」

「ううん、ちょっと違う。――『高瀬の家の男は、みんな、死ね』って」

急に、抑揚のない声で言われて、なんだか背筋がぞくっとした。

あの、『許さない』と繰り返す口調に、似てる気がしたから。

「それをねぇ、破ろうとしたんだよ。必死に。裏山の神社にお祀《まつ》りしたり、新たな呪《まじな》いをかけたり」

「新たな、呪い……？」

「うん。死なないかわりに、女になるって、呪い。少なくとも、そうしたら、命はとられないってことで」

「そんなめちゃくちゃな!!」

「でも、おかげで高瀬は今生きてるんだよ。夢のなかで、捕まったって言ってたっしょ。たぶんねー、そのときに、命とられてもおかしくなかったんじゃないかなー？」

「え、え、え……」

そんなこと、言われたって、だ。

オカルトなんて、全然興味ない。せいぜい、学生時代に怪談話で盛り上がったくらいで、正直、幽霊や祟《たた》りもさっぱり信じてない。

それなのに、なんでこんな目に!!

ただ……。一つだけ、納得するふしは、ある。

俺の親族には、男が極端に少ない。

父親も祖父も、叔父《おじ》も、みんな入り婿で。血がつながった親族は、妹をはじめ、従兄弟《いとこ》もみんな女ばっかりだった。

高瀬家は女系だから、と言われてはいたけど……。

単純に。男は、育たなかったからだと、したら。

「いや、でも、……ありえないだろ！」

呪いのせいで女になるとか、非科学的にもほどがありすぎる!!

阿良々木には悪いけど、一応俺は理系だし、やっぱり信じられない。

「まぁ、別に信じなくてもいいよ。解決法があるわけでもないし……」

くそ甘いココアをいつの間にかすっかり飲み干して、阿良々木はけろりと答える。

「ないの!?」

「ないよー。だって、お前を守るための呪いだもん。そうなると、簡単に解くわけにはいかないっしょ」

「……なんだよ、それぇ……」

男に戻れないなら、理由がわかったって意味がない。

へなへなと肩を落とした俺に、「一応」と前置きをして、阿良々木は言った。

「調べてはみるけどね。あと、お守りも渡しとく」

「お守り？」

「うん」

そう言って、阿良々木がポケットから出してきたのは、透明な丸い石がつながったブレスレットだった。これ、あれか。パワーストーンとかいうやつかな。

「一応、身につけといて。会社じゃできないようなら、ポケットとか。そんで、切れたら、できたらその場で土とかに埋めちゃってー」

「え？　返さなくていいの？」

っていうかこれ、ゴムでつながってるみたいだけど、けっこう頑丈だし、到底切れそうに思えないけどな……？

「うん。今回はね。まー、たぶん、こうやって偶然会ったのは、俺もなにか手伝えってことだと思うからさぁ」

「手伝え？」

「そ。なんかね。巡りあわせって、あるから」

「巡りあわせ……ねぇ……」

いかにもスピ系な言い方だなぁ、それ。

「そーゆーわけだし、なんかあったら、またいつでも連絡してよ」

「……ん。あ、でも、金は？」

相談料とか、いくらくらいとるんだか。

うん十万とか言われたら、どうしよう……。

そう内心びくついた俺に反して、阿良々木はあっさりと。

「解決したわけじゃないし、いいよー、別に」

「でも……。あ、じゃあ、ここはおごる。ケーキとか、食っていいよ」

「え、マジで？　ありがと!!」

細い目をきゅうっと弓形にしならせて、阿良々木が嬉《うれ》しそうに笑う。

なんか、その笑顔は、学生時代のまんまだ。

……霊能者とかいわれて、呪いだとか、守護霊だとか、胡散臭《うさんくさ》すぎるとも思ったけど。

やっぱり、こいつは、俺の同級生の阿良々木なんだなって、なんか急に、実感した。

だから、……信じて、頼ってもいいのかなって。ちょっと、ほっとした気持ちになったんだ。

「やー、疲れたね～」

「……お疲れ様です」

お昼時、一段落してノートPCを閉じた途端に、声をかけてきたのは北村さんだった。

「ね、お昼一緒に行かない？　美味《うま》いイタリアンの店、見つけたんだよね」

「行きにコンビニでおにぎり買ってきたんで、デスクで食います」

「そうなの？　じゃあここで一緒に食べようっと」

「………………」

笑顔でもう一度デスクに座り直し、北村さんが引き出しからカロリーメイトを取り出す。同じ課だけじゃなくて、まわりの人たちからの視線が痛い。

あれからというもの、北村さんは俺に対して親密度マックスで、毎日こんな感じだ。別に、それだけなら、打ち解けたんだなってだけだけどさ。なにせ、もともと、他人に対してのコミュニケーションは最低限。ミステリアスで孤高な存在として名を馳《は》せていた北村さんだ。その豹変《ひょうへん》ぶりは、社内を密《ひそ》かに騒然とさせた。

おかげで、時々社内メールに『北村さんとなにがあったの？』とか、業務に関係ない内容が届いたりして、非常にめんどくさい。

同期の井上からも、北村さんを誘って飲まないか、なんて下心見えすぎなメールまで来るし。まったく、イヤになる。

――懐かれた理由なんか、到底説明できないから、なおさら。

「あの、北村さん」

「ん？　あ、おにぎりはツナマヨ派なんだねぇ。可愛《かわい》いなー」

可愛いって……おにぎりの具だぞ……？

や、じゃなくって。

「たしかに、今後職場で気まずくなったらイヤだなぁとは思ってましたけど」

「うん」

「逆に、ぐいぐいきすぎじゃありませんか」

北村さんは俺に対して強姦未遂で、俺は俺で北村さんを脅してるはずなんだけど。なんだこれ。

「だめ？　だって、仲良くしたいし」

「……」

仲良くって……お互いいい年して、それもどうなんだよ。

ドン引きする俺をよそに、北村さんは、あっけらかんと言う。

「あー、その顔！　いいよねぇ。俺ね、困った顔とか、嫌そうな顔って、可愛くって萌《も》えちゃうの」

「北村さんって……変人って言われません？」

「言われる。っていうか、そういう性癖って自覚はあるよ？」

「うわぁ」

正直に、うわぁって口から出た。

自覚のある変態って、もう一番どうしようもないパターンじゃないか、それ……。

「ひどいなあ、高瀬だって立派にMっ気あるでしょ」

「わあああ!!」

慌てて北村さんの口を塞《ふさ》ごうと俺は手を振り回した。

昼間から会社でなんつーことを言うんだ!!

でも、その手のかわりに。

「こら。ちょっかい出すな」

「将成」

ごんっと北村さんの頭に、将成の肘鉄《ひじてつ》が当たった。

「いた〜……。おにいちゃん、怖いなぁ」

「うるさい。また殴られたいか？」

「いいでしょ、ちょっとくらい」

「だめに決まってんだろう。まったく。……高瀬、ちょっと来い」

「あ、はい」

名字で呼ばれたから、反射的に会社用の返事をして、俺は席を立った。

将成の後をついて、廊下を歩く。その道すがら、将成が言った。

「飯、行ってこいよ」

「え？　……ひとりで？」

「俺、まだ仕事あるから」

本当に、ただ単に、北村さんから引き剝《は》がしただけか。

まぁ、仕事中は、あの人もちょっかいかけてこないから、正しい判断ともいえるけど……。

「あ、あのさぁ」

「ん？」

「将成、今日の夜とか、どう？　焼き鳥とか」

久しぶりに飲みに行きたいなって誘ったんだけど、将成は少し難しい顔をして、首を横に振った。

「ごめん。今日はちょっと」

「あ……そう、なんだ」

「悪いな」

そう言いながら、将成の身体は、もう半分デスクに向かって踵《きびす》を返している。

忙しいんだろうな。今週、会議続きだって聞くし。

「ううん。全然。ただ、ここんとこ迷惑かけてばっかだったから、なんか、お礼したいなあって思っただけだし」

「別に、礼なんかいいよ。じゃあな」

あ。

……突き放された、って。

不意に、感じた。

俺に背中を向けて、足早に立ち去る後ろ姿からは、『拒絶』の空気が立ち上っていた。

そういうのって、さ。

言葉じゃなくて、感じちゃうんだよな。

どうしようもなく。

「………将成……」

なんで、って。理由なんて、思い当たることが多すぎる。

こんなわけわかんない状況、つきあいきれないよな、普通。

仕事も忙しいみたいだし。……俺にばっかり、時間をさくわけにもいかないだろう。

別に、恋人でも、なんでもないんだしな。


そこらのチェーン店のカフェで、適当なサンドイッチを食べて。

午後は取引先に回って、作業して、その日は直帰した。

「ふー…………疲れ、た」

同僚の飲み会の誘いもあったけど、断った。

気分じゃないのもあるけど、どうせ北村さんのこと聞きたがるんだろうし、どう考えてもパスだ。

まぁ、俺も、ああいう人とは思わなかったけど……。

「ただい、まっと」

ひとりきりの部屋に戻って、服を脱ぐ。

スーツをハンガーにかけて、シャツを脱いで、なにより。

「……はーーーっ！」

思わずそう声が出るほど、胸潰《むねつぶ》しブラを外した瞬間、ほっとする。

この時期は暑いし、なによりとにかく、息苦しい。

もしかしてなんだけど。俺、だんだん、前より胸が大きくなってる気がするんだよなぁ……。

「あー……楽ちん……」

効きはじめたクーラーの冷風に当たりながら、裸のままでベッドに寝そべった。

そのまましばらくぼうっとしてたけど、ふと、視界の端っこに、しゃれたキャンドルが入る。

……将成がくれた、アロマキャンドルだ。

たまには、使ってみようかな。なんか、リラックスできるって、いうし。

だるい身体を起こして、火を点《つ》けたそれから、甘い香りが漂う。

「あ……」

将成の、匂《にお》いだ。

そう意識した瞬間、身体の奥が、きゅんってなったのがわかった。

胸っていうか、その……もっと、奥の、ほう。

女になって、すぐ。将成の部屋で、この匂いに包まれて、……後ろから抱きしめられて、いっぱい、触られた記憶。

そんなのが、妙にリアルに蘇って。肌が、ぞくぞく、する。

「…………」

やばい。

なんか、すごい……えっちな気分に、なってきてる。俺。

気持ちいいことしたいって、身体が、疼《うず》いてる。

意味もなく膝《ひざ》をすりあわせて、ベッドの上でもぞもぞしてみるけど……。

「うー……」

小さく唸《うな》って、うつ伏せに枕《まくら》を抱える。

……いや、でも。でも、だ。

女になってから、もう、半月近い。その間というもの、そういえば、一回もひとりでしてない。

いわゆる、その、オナニーってやつ。

男のときは、そりゃ、まぁ、それなりに……ムラムラしたら、適当に動画見て、抜いたりしてたし。そんなの、普通のことだったからさ。罪悪感も恥じらいも、とくになかったわけで。

で、今は……うん。

たしかに、身体は女だけど。

俺の心は男なんだから。男なんだし、ムラムラしたんなら、ひとりでしたって、別に……別に、いいはずだよなっ!?

えっと、たしかスマホに、動画登録しといたし。それ、見よ!　男なんだから、当たり前だもんな!!

部屋を薄暗くして。スマホのお気に入りの動画を見ながら、……自分の身体に、触ってみる。

まぁ、その。触った感じは、むしろ、リアルだよな。

女の子の身体なんだし。

『あ、ぁん……っ』

動画の女の子が、なまめかしい声をあげて身をよじる。

……ちょっと、わかる。

気持ちいい、もんな。こんなふうに……胸とか、弄《いじ》られん、の。

『感じてんだろ?　やらしい女だな』

ＡＶの、安っぽい男優の台詞《せりふ》だってのに。びくって、顔が熱くなる。

ち、違うのに。俺が、されてるわけじゃ、ない、のに……。

「……ぁ、……」

おそる、おそる。

股間《こかん》に、指で触れてみる。

そういう目的で触るのなんて、初めてだ。……ど、童貞、だし。

「う、わっ」

思わず、声が出た。肉の間に潜らせた指が、ぬるんって、滑る。

え、これ、いつの間に？　なんでこんな、ヌルヌルになってんの!?

「す、ご……」

恥ずかしい。けど。ドキドキ、する。

それから、……たしか、この、へんか？　クリトリス、だっけ。女の子の、感じるとこ……。

「……ぁ、あんっ！」

ぬるんって。

濡《ぬ》れた指先で撫《な》でた途端、びっくりするような声が出た。

え、だって。これ……気持ち、いい……。

撫でただけ、なのに……ヤバい……。

「は……、ぁ……」

『もっと、足開けよ』

「ん、っ！」

動画の声に、引きずられるみたいに。下着を脱いで、足を、開いた。

すごい格好だけど……誰も見てないんだ、し……。

「あ、……は、……ぁ、……んッ」

くちゅ、くちゅって。

弄るたびに、やらしい音が、して。恥ずかしくって。……余計、感じちゃう。

同時に、胸を揉《も》んで……堅くなっちゃってる乳首を、自分でつまんでみた。

「や、ぁッ」

ぞくぞくって。

上からも下からも、快感が溢《あふ》れて、もう、アタマんなか、融けそう……。

おっぱい触られてるときも、ちょっと思ったけど……それより、もっと、すごい。女の子の身体って、こんな、感じやすくて、気持ちいいもんなの……？

「ぁ、……きもち、い……」

これ、動画の女優？

それとも……俺の、声？

『こんなに濡れてんの、わかる？　……ほら』

頭のなかで、浮かぶ声は……将成の、声、で。

「は……ぁ……ッ」

将成の指が、こうやって、ぐちゃぐちゃにしてくれた、ら。

『可愛い、嵐。……もっと、声出して』

「――ッ！」

妄想のなかでは、いくらでも、将成は俺を愛してくれる。

ちょっと意地悪に。でも、的確に。

乳首とアソコを弄る指使いは、どんどん、激しくなって。息が乱れて。

「あっ、しょ、ぉ……せ……っ♥」

甘い声で、名前を口にした瞬間……ぞくぞくって、興奮、した。

言えない、けど。絶対、絶対……言えない、けど……。

「しょう、せぇ……もっ、っと……」

俺の、こと。

こんな、ふうに。押さえつけて。恥ずかしい格好させて。全部、暴いて。ねぇ。

『どうして、ほしい？　嵐……』

恥ずかしい、けど。

今にもイきそうな身体が、欲望が、勝手に動いて。

本音を、晒《さら》してしまう。

「好きに、……し、て……、ぁ、んぅ——ッ♥」

全身に、電流が走ったみたい。びりびりって、身体が跳ねた。

——イっちゃった……。女の子の身体で、初めて……。

すごい、気持ち、いい。

指先は、白くぐちゃぐちゃになっていた。女の子の愛液も、白くなったりするんだなって、ちょっとびっくりする。

すごかった。ほんとに。

だけど、でも。

「………は、ぁ……」

なんだか、まだ、熱がひかない。男だったら、すぐにさっぱり、憑《つ》き物が落ちたみたい

に脱力するのに。まだ、熱いプールにでも浮いてるみたい。
それに……アソコが、まだ、ヒクヒクして……。
寂しい、んだ。
満たされてないって、身体のなかが、言ってる。
欲しいのは。ひとりきりの快楽なんかじゃ、なくて。
「……将成……」
ぎゅって、枕を抱いて、俺はきつく目を閉じた。
口にして、初めて知ってしまった、こと。
こんなにも、こんなにも、俺の身体は、将成に触れてほしがってる。
抱いて、好きにしてほしいって、思ってる。
叶《かな》うはずも、ないのに……。
「…………」
涙が滲《にじ》んで。俺はただ、熱く重苦しいため息を、ついた。

＊　＊　＊

「あれ、山野じゃん」

そう、俺に声をかけてきたのは、同期の田宮《たみや》だった。

嵐の誘いを断ったものの、本当は、とくに用事もない。俺は、適当に飯を食った後、適当に時間を潰すためだけに、このバーに立ち寄っていた。

今までここで社内の人間に会ったことはなかったんだけどな。意外だ。

「ひとりなのか？　隣、いい？」

この時間、カウンター席に座る俺のまわりには人はいない。かまわない、と俺は頷いた。

「いいけど、お前は？」

「ひとりだよ。待ち合わせまで、ちょっとあいたからさ」

田宮はそう言いながら、俺の隣のスツールに腰かけると、バーテンダーにジントニックを頼んだ。

「お前、ここ来てたんだ」

「山野に教わってから、時々な」

なんだ、俺が教えたのか……すっかり忘れてた。

そう内心で思いながら、俺は自分のロックグラスに口をつけた。

丸い透明な氷が、グラスのなかで小さな音をたてる。その涼やかな音が、俺は好きだ。

「はぁ～、今週もしんどかったなぁ。暑かったし」

「まぁ、そうだな。ちょっと、疲れた」

俺の場合は、仕事よりか、プライベートのあれこれのせいなんだけどな。

本当に……なんで、こんなことになったんだか。

「山野さぁ、夏休みとかとれそうなの？」

田宮はタバコに火を点けて、美味そうに紫煙を吐き出す。たしかこないだ、懲りずに禁煙するとか言ってたはずだけど、どうやらまた失敗したらしい。

「今年はとれってうるさいから、無理してもとらないとな。田宮は？」

「俺も。ただ、今年はさー、実家帰ろうと思ってて」

「高崎だっけ？」

うん、と田宮は頷く。

「家族に、紹介しようかなと思ってて。彼女」

照れくさそうな横顔は、今まであまり見たことのない種類だった。

　ああ、まぁ、そういうことか。

「結婚すんの？」

「や、まだだけど。一応、その意思はあるって、見せておこうかなって」

「いいじゃん。おめでと」

「や、だから、まだだって！」

　ちょうど、ジントニックのグラスも運ばれてきた。

　グラスは触れあわせないまま乾杯をして、また、一口酒を飲んだ。

　田宮の彼女とは、直接は面識はないけど、大学の同級生とか聞いている。たしかに、彼女なら、そろそろはっきりしてほしいものなんだろうな。

「山野は？」

「結婚？　そもそも相手がいないって」

「や、そっちじゃなくて。実家。帰ってんの？」

　そっちかよ。今の流れなら、普通結婚だと思うって……。いやまぁ、いいけどさ。

　面食らう俺をよそに、さらに思い出したらしく、田宮は続けた。

「そういや、幼馴染《おさなな》《じ》みとかいう子いたじゃん。高瀬だっけ。3課にいたよな？」

「ああ、うん。いるけど」

「こないだ、久しぶりに社内で見かけたんだけどさ。なんか、妙に可愛いなぁ、あいつ」

「…………」

ヤバい。危うく、咳《せ》き込むとこだった。

かろうじて驚きを抑え込むことには成功したが、田宮はのんきに言う。

「前からあんな感じだったっけ？」

「男だぞ。可愛いって、なんだよ」

「や、男なのはわかってるよ。わかってってけど、なまじブスな女より、可愛げのある男っているじゃん」

「へ、なんで」

「それは、そうだけどさ。本人には言うなよ」

「男らしく見られたいって、頑張ってんだから」

「あはは、それもなんか可愛いな」

田宮の笑顔に、俺は密かにため息をついた。

笑いごとじゃないってのに。


嵐が女の身体になってから、あいつは何回泣いたろう。

男に戻りたい。自分は男なのに、と。

そのたびに俺は慰めてきたし、その言葉にも嘘《うそ》はなかった。お前は変わってないよ、と。

男であろうとする嵐の心を尊重して、守ってやりたかったんだ。

だけど……。

「山野？」

「あ……悪い。なんだっけ」

ついぼーっとしてて、田宮に返事を忘れたみたいだ。

悪いことした。

「ちょっと、疲れてんのかな」

「まぁ、疲れもするよな。こないだの案件、けっこうキツかったって聞いたぞ？」

「あぁ、ちょっと……な」

曖昧《あいまい》に頷いた途端、田宮が俺に身を寄せて、ぐっと肩を抱いてきた。

「久しぶりに、女の子と飲もっか？　夏なんだし！」

「おい。実家に彼女連れてこうって奴の台詞か？」

「それはそれだって。お前のためなんだし。で、山野のタイプって、どんなだっけ」

「タイプ？」

「だから、女の子の好み！」

そう尋ねられて、ぽんってアタマに浮かんだのは、……嵐の顔で。

だから、そうじゃないって……と、すぐに振り払った。

「や、いいって。マジで。今はそういう気分でもないし」

「うわ。モテる奴の余裕だなぁ。……あ」

ぼやきから一転、ポケットのなかのスマホを、いそいそと田宮は取り出した。たぶん、例の彼女からの連絡ってやつだろう。まぁ、もしかしたら、他の同伴とかかもしれないけどな。

「じゃ、俺行くわ。またな」

タバコを消し、残ったジントニックを一気に飲み干すと、田宮が席を立つ。

「ん。またな」

「ほんと、あんま無理すんなよ！」

バシッと背中を叩《たた》かれて、軽く噎《む》せそうになった。

手加減なしかよ、まったく。……でも、いい奴だ。

『無理するな』か。

「……無理するしか、ないしなぁ」

無理というより、我慢、か。


男として、弟として、大事にしてるつもりだったのに。

どんどん、欲望が強くなる。

安心しきって、俺に身体を預けてくるたび、その柔らかさに息苦しくなる。

あいつは男なのに、俺はどうしたんだ？　おかしいだろ？　……そう、自問自答を繰り返したのも、一度や二度じゃない。

理性ではわかってる。あれは男の、弟みたいな嵐だって。だけど、身体は今にも言うことを聞かなくなりそうなんだ。

最初に触ったときは、ただの興味本位だったけど。今は、そうじゃない。

はっきり、欲望を自覚してる。

北村の奴のことだって、本当は笑えない。

いつ襲いかかったって、おかしくないとわかってた。

いつか二人で独立して、会社をやりたい、なんて夢も話してた。

いつだって後ろを振り向くとついてきて、きらきらした大きな瞳《ひとみ》で俺を見上げてきた。

めいっぱいの信頼と、愛情をこめて。

だから、俺もそれに応《こた》えてきたんだ。

実際、さ。もしあいつが女だったら、俺はとうに嫁にしてたと思う。

それくらい。食い物の趣味だってあうし、よく笑うところは可愛いし、俺の親とも仲がいいし。なにより、……俺が、ずっと一緒にいたいって素直に思う相手なんだから。

ホントに、絶対、他の男になんかやるか。指一本触れさせないで、とっとと俺のものにしてる。

——でも、嵐は、男だ。

今は身体こそ女でも、男なんだ。

少なくとも、俺はそう思ってやりたい。だから、……こんな欲望は、決して、あいつに知られちゃいけないんだ。

しばらくは、二人きりには……なれないな。

なによりも、とっととあいつが男に戻れるように、なんとかしないと。

なんとか……な。

だけど、一体、どうすりゃいいんだか。

「はぁ……」

思わずため息をついて、俺はグラスの酒をぐいっとあおった。

二人きりにはなれない。そう、たしかに思ったわけなんだが。

「つきあってくれて、ありがとな。将成」

助手席で、嵐が微笑《ほほえ》んでる。

あの夜から、一週間後。俺たちは、夏休みも兼ねて、有給を使って実家に帰ることにした。俺の車で朝出発すれば、昼には山梨だ。お盆前の中央自動車道は、かろうじて渋滞はしておらず、飛ばしまくるトラックと夏休みのファミリーカーの間を縫って、ドライブはいたって順調だった。

複雑なのは、俺の心境くらいだ。

「まぁ……そろそろ実家に帰ろうかなと、思ってたしさ」

「そ、だね。うちの親もさ、帰るって言ったら、わりと喜んでた」

はは、と嵐は笑うが、若干緊張した様子は見て取れた。

今回の帰省には、理由があった。

それを聞かされたのは、つい三日前のことだ。

仕事の合間、たまたま自動販売機の前で、嵐と鉢合わせして。

「……裏山の、神社？」

「うん」

そこに用事があるから、実家に帰ろうと思うと、嵐が言い出したのだ。

「用事っていったって、なんにもないとこだろ、あそこ」

嵐が言っている場所は、俺も知っている。神社というよりかは、よくわからない祠という感じの場所だ。たしかに、何度もあそこを夢に見るとは聞いていたが、まさか。

「……誰かに言われたのか？」

そう尋ねると、おずおずと、嵐は頷いて。

「阿良々木から、言われた。なんか、……霊視？　とかで、そこに行ってみるといいって」

「霊視、ねぇ」

胡散臭いことこの上なさすぎる。

さらに詳しく聞いてみたらば、どうもその神社に行ってから、他のどこにも寄らずに、まっすぐ、富士吉田にある浅間《せんげん》神社に行けと言うのだ。

あそこはでかい神社だから、俺もよく知っている。けど、車で一時間はかかる距離だ。

「お前、そんな与太話を信じるつもりなのか？」

「信じるっていうか……他に、当てもないし。それに、無駄になったらなったで、実家に帰るついでかなって思ってさ」

「その身体でか？」

「う……」

あからさまに、嵐は言葉につまる。

しかし、阿良々木か。あの謎《なぞ》のオカルト野郎に、素直に連絡とって相談してるとはな。やめろって言ったはずなのに、まったく……。

最近手首に見慣れない妙なブレスレットもしてるし。もしや、高い金とかとられてないだろうな。

「金は？　払ってないだろうな」

「ないよ。成功したらでいいって言われてるし」

「なら、いいけど。あのな、今回はつきあってやる。それで意味がなかったら、もう本当に、あいつには相談するな？」

強い口調で言い渡すと、嵐はしぶしぶながらも頷いた。

まったく……これだから、やっぱり放っておけないんだ。

北村の奴にも、相変わらずちょっかいかけられてるようだし……。

「嵐」

「なに？」

「それ、俺も一緒に行くわ。車出してやるよ」

「え……、いいの？」

「どの道休みとらないといけないし、俺も実家に顔出そうかなと思ってたからな。つきあってやる」

「将成。……ありがとう！」

途端に、嵐は嬉しそうに、無邪気な笑みを浮かべる。

……その顔が、あんまり可愛くて。会社だっていうのに、うっかり、抱きしめそうになった。

ぎりぎり我慢して、頭を撫でるだけにしたけどな。

まぁ、そんなわけで、俺たちは今、二人で実家のある山梨に向かっているわけだった。

果たしてこれで、鬼が出るか蛇が出るか。ひとつもわかりゃしないけど。

高速道路の流れは順調で、どんどん近くなる山のむこうには白い入道雲が立ち上っている。富士山ももうすぐ見えそうだ。

東京との違いは、圧倒的にこの景色だと思う。さすが関東平野といえばいいのか、山がとにかく、ない。最初はなんとも思わなかったけれども、最近こうして富士山が近くなるたびに、どこかほっとしてる自分に気づくようになった。

そんなことを、考えていたら。

「……富士山、そろそろ見えるよな」

ぼそっと、隣で嵐が同じようなことを呟《つぶや》いて、少し屈《かが》むようにして窓の外を見やったから。

ああ、やっぱり同じなんだなと、妙に嬉しくなった。

「見えると、なんだか安心するよな」

「将成も？　……そうだよなぁ。山に囲まれてるの、田舎だなぁって思ってたけど、今は見るとほっとすんの」

「そうそう」

思わず、くくっと二人で苦笑をもらした。

「……嵐が東京に来てくれて、よかったな」

だから、ぽつりとこぼしてしまったのも、思わずって感じだった。

「だって、将成がいたし。まぁ、入社できたのは、ラッキーだったけど」

嵐が照れ笑いを浮かべる。

でも、ホントに。

「こないだ、社会人になってからも、助けられたからって言っただろ」

「え？　あー……うん」

「あれ、けっこうリアルな話だったんだぜ？」

本当は、あまり言う気はなかったんだけど。

男としては、ちょっと恥ずかしいしな。

だけど……一度口火を切った以上、俺は話を続けた。

「三年目くらいのときさ、本当は、やめようと思ってたんだ。会社」

「……マジで？」

「うん。マジで。仕事がしんどいっていうよりはさ、同じ部署の先輩と気が合わなくて。細かく嫌がらせされて、ストレスもたまってたんだよな」

報告したことを、握りつぶされてなかったことにされるなんて日常茶飯事。失敗は俺の責任で成功は先輩のおかげ。提案はくだらない理由で却下されて、同じ課の奴ら全員からシカトされ続けた。

今思い出しても、胃のあたりがムカムカするくらい、最悪な頃だったな。

「仕事もある程度覚えたし、転職にもいい時期だって思ったんだ。けどさ」

嵐が入社してきて。なにかというと、俺に会いに来るようになってから、変わったんだ。

「お前が頼ってきてくれるから、みっともないとこ見せられないよなって。かっこつけて、頑張れた。今となっては、それでよかったと思うんだ。現にさ、試験受けまくって、プロジェクトマネージャーになんてなれたのも、そのおかげだから」

例の先輩は、海外に転勤になって、今は会うこともない。俺のほうが出世で勝ったのは、事実だ。もう、それだけでいい。

「そう……だったんだ」

嵐は意外そうにしている。

「将成はかっこいいから、大丈夫って。嵐、言ってくれたからさ」

「そ、それだけ？」

「そう、それだけ」

でも。

誰も信じられなくなって。毎日食ったもの吐いて。ボロボロになって意地になって仕事していた俺に。

あったかいうどん作って、にこにこしながら、大丈夫って嵐が言ってくれたこと。あのタイミングで、俺は心底、救われたんだ。

だから、思うんだけど。

人が人のためにできることって、そんなたいしたことじゃなくて。結局すべては、タイミングなのかもしれないって。

言葉も、行動も、ほんの些細《ささい》なことなんだ。でも、そのとき、してあげられるかってこと。

つまりは、『いつも』相手を思いやっていられるかってことだ。

嵐は、俺に、そうしてくれているから。嵐はいつだって、俺を信頼して、それを素直に伝えてくれているから。

俺は、あのとき、救われたんだと思う。

「お前が思うよりずっと、俺は、お前を必要としてるんだからな？　だから、俺にできることなら、なんでもしてやりたいんだよ」

俺も、『いつも』お前を思いやってやりたいんだ。

『いつか』お前を救えるように。

――そのためなら、欲望くらい、我慢してみせるさ。

そう、思いながら。俺は、微笑んでみせた。

「……ありがと。ほんとに、ありがとう……」

そう呟いて、嵐は少しだけ、うつむいて。

目元を、こっそりと拭《ぬぐ》った。

＊　＊　＊

「ここ……かぁ……」

今日は実家には寄らないで、そのまま裏山へと来てもらった。

やっぱり家族だから、俺の変化に気づかれそうで怖かったし。


行きの車のなかで将成に言われたことは、嬉しかった。

それで、同じくらい、切なくて苦しくなった。

『お前が思うよりずっと、俺は、お前を必要としてるんだからな？　だから、俺にできることなら、なんでもしてやりたいんだよ』

俺だって。

将成のこと、将成が思うよりずっと必要で、好き、だけど。

だからって、言えるわけがない。

――抱いてほしい、なんて。

「嵐？　どうした、ぼーっとして」

「あ……いや、なんか、……こんな、だったたっけって」

裏山は、ただの手入れのされてない野山だった。かろうじて小さな細い獣道があるだけで、それも伸び放題の夏草と木の枝に阻まれて、歩きづらいことこの上ない。

夢のなかで何度も見た、あの階段や鳥居なんて、どこにもない。

やっぱり、あれはただの夢なんだな。……阿良々木の言うことを真に受けて、バカみたいだ。

「あんまり、この山では遊ばなかったよな。嵐がここ来ると、熱だしたりケガしたりするし」

「そうだっけ？」

「うん。まぁ、こんなとこ入り込んだら、子供はすぐケガするよなぁって思うけど」

枝を腕で払いのけ、次第に吹き出してくる汗に顔をしかめながら、将成が言った。

「ただまぁ、妙に静かな山だよな、ほんと」

「……セミ」

将成の言葉に、そういえば、と俺も気づいた。

「セミ？」

「セミの声がしないから、だ。たぶん」

「ああ……」

遠くには聞こえるけど、これだけ木があるのに、近くにセミの声がしない。だから、妙な感じがしたんだろう。

「樹液が多い木が少ないのかな」

「カブトムシはそういうのあるけど、セミもあるの？」

「いや、知らないけど」

将成が首をひねる。

俺はといえば。

……なんだか、得体の知れない不気味さを、ひたひたと感じていた。

夢と、現実の景色は、ひとつも似ていない。全然違う。

なのに、山頂に近づくにつれて、肌が思い出している。

あの夢のなかの、空気を。ねっとりと粘ついて、俺に絡みつくような、あの重たい風。木々の陰に入っていても、夏の午後は息苦しいほど暑くて。セミの声がしない、どこか死んだような山の静寂は薄気味悪くもあった。

「………」

気づけば、俺も将成も、無言のまま手足を動かしていた。

早く用事を済ませて、帰りたい。そんなふうに。

弾んだ呼吸と、草を踏み分ける足音、侵入を拒むように伸びた枝葉が揺れる雑音だけが耳につく。

そして。

「……つい、た？」

獣道の終わり。斜めに崩れ、壊れかけた木の社が、ぽつんと、大木の根元にあった。

風化しきった札には、なにが書かれていたのかすら読み取れない。

「もう少し大きい気がしたんだけどなぁ。ガキだったせいか」

「うん……そ、だね」

頷いて、俺は膝をつくと、手を合わせた。

そういえば、お賽銭《さいせん》とか、お酒とか、そういう供物みたいなのっているんだったかな。

阿良々木にもなにも言われてないし、日頃神社なんてそうそう行かないから、さっぱり忘れてた。

ま、まぁ、いいか。とりあえず、その……。

……呪いを、解いてください。

俺は、……将成と、生きていきたい、です。だから、男に戻して……ください。

どうか、お願いします……。

正しい参拝とかも知らないから、バカみたいに、ただ、そう必死に唱えるしかなかった。

とはいえ、手応えとか、当然返事とか、さっぱりなかったわけだけど。

はー……やっぱ、無駄だったかな。

「……お待たせ」

目をあけると、将成も俺の隣で、手を合わせてくれていた。

お祈り、してくれてたんだろうな。きっと。

男に戻れるように。

「ありがと」

「いや。……で、これからまっすぐ、富士吉田だっけ？」

「うん」

頷いて、俺は踵を返した。

――その途端。

ぞくり、と。

背筋が震えた。

よくわからない。わからないけど、すごく、後ろが、怖い。

夢のなかで追われていた感覚が、一気にリアルに蘇る。

ドクドクと、信じられないほど脈拍が激しくなって、脂汗が吹き出した。


「嵐？」

俺の異変に訝《いぶか》り、将成が背後から声をかける。

「どうしたんだよ」

「べ、別に……」

なんでもない。そう答えようとして、思い出した。

そうだ。阿良々木からの指示には、もう一つあった。

まっすぐ、富士吉田の神社に向かえ、というのの他に、もう一つ。それは。

——絶対に、振り向いては、いけない。

「……お、下りようぜ。暑いし」

ぶっきらぼうに言うと、俺は両足を動かし、獣道を引き返す。

つい先ほどかき分けてきたせいで、草木をかき分けるのは、行きより楽だった。

だから、急いで。急いで。

「そんなに急いだら、危ないぞ」

「平気、だって」

将成の声が、背中越しに聞こえる。

「待てって」

そう、言うけど。

でも、止まるわけにはいかない。

——追いつかれる。

そう、わかっているからだ。

冷や汗がこめかみから首筋までたれていく。

息が苦しい。

「…………え」

目の前の景色が、ぶれる。薄暗い、木漏れ日の下の獣道。怪しい灯《あか》りに照らされた、夜道の階段。全然違う、現実と夢が、俺の意識のなかで混じりあいそうになる。

早く、早く、早く、逃げなきゃ。

「嵐、待て！」

将成が呼ぶ。

でも、足が止まらない。

「おい……痛って！」

「あ……」

しまった。将成が、転んだかもしれない。

とっさに振り返ろうとしたとき、だった。

「嵐！」

腕を摑《つか》まれて、俺ははっとして、顔をあげた。

黒い瞳が、俺を見つめている。高い鼻。整った顔立ち。頼りになる、たくましくて広い肩。

「……将成」

目の前に、将成が、いる。

じゃあ、さっきから。俺をずっと、後ろから呼び続けてる、声は……？

「…………待て……」

――ぞっと、寒気がひどくなる。

俺は将成にすがりついて、目を閉じた。

「行くぞ」

俺の肩を抱いたまま、将成はどんどん山を下りていく。

あの声からは、俺は耳を塞ぎ、ただ歩くことだけに集中した。

でないと、……また夢みたいに、捕まってしまうんじゃないか、って。

歯の根が合わないほどに、ただ、ただ、俺はそれが怖かった。


ようやく車にたどり着くなり、将成は俺を助手席に乗せ、自分はすぐさま逆に回ると運転席に飛び乗った。エンジンをかけると、一気に蒸し暑い社内に熱風が吹く。それが涼風に変わる前に、将成はその場を離れていた。

逃げ水がかすかに光る田舎の道を、黒い車がまっすぐに走っていく。その揺れにほっとして、俺もようやく、目を開いた。

まだ、全身が心臓になったみたいに、ドキドキと震えている。声をあげたとたん、泣き出してしまいそうな緊張感は続いていた。

「……大丈夫だ」

「しょお、せえ……なん、で……？」

舌がもつれて、うまく話せない。震える俺に、将成もまた掠《かす》れた声で答えた。

「俺にも、よくわからない。下りになった途端に、お前がひとりでぶつぶつ言いながら駆け下りていって……俺も必死で追いかけたんだ」

ごくり、と唾を飲み込んで、将成は続けた。

「でも……なんだったんだ？　よくわからないけど、とにかく、不気味だって思ったんだ。早くここから離れないとマズいって……。なのにお前が、引き返そうとするから」

「それで……腕、掴んでくれたんだ」

「ああ。そしたら、正気に返ってくれたみたいで、よかった、けど……」

「………」

けど、で言葉を切った理由は、俺にもわかった。

まだあの、不気味で不快な気配は残ってるんだ。まとわりつくように。染みつくように。

こういうのを、穢《けが》れっていうんじゃないかって、不意に思った。そんな感じが、する。

「急ぐぞ」

「……うん」

俺にはどう聞こえていたのかを話す気には、怖くてなれなかった。

ただ、次の神社に、一刻も早く着いてほしいと、そればかり俺は考えていた。

神社にたどり着いたのは、夕方近くだった。

しかも、たどり着いた途端、間の悪いことに雨が降り出してきた。

でも、延期なんてとてもできない。俺たちは、車に乗せていた傘をさして、車を降りた。樹齢何年だか、到底見当もつかないような太い杉の木が両端に並ぶ参道を、無言のまま歩いていく。雨に目の前が煙って、なんだか、まるで知らない異界みたいに感じた。

赤い、見上げるような高さの大鳥居をくぐって、さらに進む。お寺みたいな山門を越えて、手を洗って、……ようやく大きくて立派な拝殿にたどり着いた。

黒い瓦《かわら》屋根。軒下には色とりどりの彫刻が並んで、それから、まだ真新しく見えるしめ縄が張られていた。

さっきよりさらに神妙な面持ちで、お賽銭を賽銭箱に投げいれて、俺と将成は手を合わせる。

なんて言えばいいのか、わからない。頭のなかは真っ白だ。

とにかく、ただ……助けて、くださいって。それだけ、俺は必死で願った。

こんなに真剣に祈ったこと、受験のときだってない。

ただ、とにかく、そうしてしばらくたってから。

俺は顔をあげた。……もう、振り返らないと、いけない。ここまではずっと、ただまっすぐ進んできたけど。ここで初めて、俺は振り返る。

どうしよう、もし背後に、あの……よくわからない、怖い、『なにか』が、ついてきていたら……。

「…………」

意を決して振り返った瞬間、だった。

「あ……っ」

ぷつ、と。突然、腕のブレスレットが切れ、透明な石があたりに散らばった。

「うわ、なんだ？」

将成も驚きながら、飛び散った石を拾ってくれる。俺も屈み込んで、拾える分は、手のひらに集めた。

「今、なんで切れたんだ？」

「わかんない……でも、切れたら、そこで埋めてって言われた」

ほんとに、なんの力もかけてないのに、なんで切れたんだ？

今日は一から十まで、よくわからないことばっかだ。

……まぁそもそも、俺の身体自体が、わけわからないことなんだけどさ。それに比べたら、ちょっとくらいのオカルトも、むしろ普通かもしれない。

拝殿の軒下から出ると、ちょうど雨もやんでいた。

俺は、なるべく人目につかないようにしながら、少し離れた木の下あたりの土を掘り返し、切れたブレスの石を埋めた。よく見たら、石の内側にまでヒビが入ってるし。どんだけ勢いよく飛び散ったんだか……。

「じゃあ、帰るか」

「……うん……」

終わった、のかな。なんとなく、そう思う。

だけど。

俺は、自分の身体に、そっと触れてみた。

そこは変わらず、柔らかな胸があって。

「…………」

しゃがみ込んだまま、俺は、立ち上がれなかった。

全身の力が入らない。なんだか、もう、くたびれた。

こんなわけわかんないことして、怖い思いだけはして、将成まで巻き込んで。

それなのに、なんの意味も、なくて。

バカみたいだ。っていうか、バカだ。俺。

「嵐？」

「……ごめ、ん」

　頭が熱くなって、鼻の奥がツンと痛くなる。我慢しきれずに溢れた涙が、ぼろぼろと地面にこぼれ落ちてった。

「俺、頭おかしい、よな。こんな、わけわかんないことして。拝んでなんとかなるとか、そんなわけ、ないのに」

　おかしな宗教みたいなのにすがる奴なんてバカだと思ってたし、今もそう思ってる。なのに、自分自身が、そんな滑稽《こっけい》なまねをしてたと気づいたら、もう。

　笑える。……本当に、笑うしかない。

「ごめんな、つきあわせて。無駄だっていうのに、さ。俺、もう、戻れないんだな。なにやったって、ダメなんだ」

　だって他に、どんな手がある？

　いっそ手術でもすればいいのか？　そういう方法があることは、さんざん調べて、もう知っている。

　だけど——俺は、元通りになりたいだけなのに？

「おい、嵐。落ち着けって。大丈夫か⁉」

　将成が俺の肩を抱いて、無理やり立たせる。だけど、相変わらず、俺の手足は脱力したまま、ぐにゃぐにゃと将成に揺さぶられるがままだった。

「……なぁ。もしかして、最初から俺の頭がおかしかったのかな。男だと思い込んでただけで、本当は、ずっと女だったとか。……将成、なぁ。本当のこと、教えてくれよ。俺、俺……」

それは、実はずっと、頭の片隅にあったことだった。

なにもかも最初から俺の妄想なんじゃないか……って。

男だと思い込んで生きてきただけで、本当は、最初からこの身体だったとしたら。

俺の頭は、もう、最初っから、壊れてた、と、したら。

「俺……おかしい、のか……？」

すがりつくこともできないまま、俺は壊れた人形みたいに、ただ、涙を流す。でも。

「嵐!!」

もう一度、強く、強く、将成が俺の名前を呼んだ。

そして、パンっと音がするほど強く、俺の肩を叩いた。その衝撃と痛みに、一瞬、俺の全身がびくんと震える。

「……大丈夫、大丈夫だから」

今度は優しい声で、繰り返して。

そっと、将成の腕が、俺を抱きしめた。

感じる、甘い匂い。汗ばんだ身体の熱。俺はこれを、知っている。いつだって、頼りにしてきた人。

「……将成」

「そ。俺だよ」

なだめるように、背中を撫でて。涙でぐしゃぐしゃになった俺の顔を、穏やかな瞳が覗《のぞ》き込む。

「あのな。お前はおかしくなんかなってない。それは、俺が保証する。まぁ、俺も信用できないっていうなら、どうしようもないけどな」

「…………っ」

そんなこと、ない。

俺が首を横に振ると「そっか、よかった」と将成は微笑んでくれる。

「いろいろあって、疲れたんだよな。とりあえず、今日は、どっか泊まろ？　温泉とか」

「……う、ん」

実家には、この身体で帰りたくなかった。たぶん、将成には、そんな俺の気持ちもお見通しなんだろう。

「俺が、そばにいるから」

その低い声が。温かい言葉が。

絶望に打ちひしがれた俺を、かろうじて、支えてくれたんだ。


そこからのことは、あまりよく覚えてない。

夢のなかみたいに、ぼんやりしたまま、俺は将成に連れられて、とある温泉宿に泊まることになった。

古い木造の建物は、中庭を中心に、母屋と離れに分かれている。その、離れのうちの一つに、俺たちは通された。

こぢんまりとした二階建ての離れの一階は、小さな坪庭部分に張り出すようにしてお風呂が設《しつら》えてあった。

先ほどの雨が嘘みたいだ。西の空は夕暮れに赤く、そこから紫から濃紺へのグラデーションを経て、星の瞬く夜空が広がっていた。

ゆっくりしていいと言われて、ぼうっと、ひとりで温泉に浸《つ》かって。

用意されていた浴衣《ゆかた》に着替えて、冷たいビールを飲む頃には、俺はようやく、落ち着きを取り戻しつつあった。

「嵐。夕飯は、部屋まで持ってきてくれるって」

「……うん」

いつの間にか、将成も浴衣に着替えている。

並んで縁側に腰かけて、ぼんやりと空を見上げた。

リーリーと、虫の声がする。鈴虫……かな。

「いいとこだな、ここ」

「……うん」

本当に。慌ただしい日常とも、さっきまでの非日常ともまた違う。静かな、別の世界みたいだ。

呼吸もなんだか、ずっと楽に感じる。それは今まで、どれだけ力みすぎてたんだろうって、逆に気づかされるみたいだった。

心地よい沈黙に、緊張がほぐれていく。そして。

「将成」

「嵐」

名前を呼んだのは、同時だった。

「あ」

「あ、ん？」

顔を見合わせて、ちょっと、笑っちゃった。

なんか、すごい、……こんなタイミングまで、気が合うんだなぁって思えたから。たぶんそれは、将成も一緒だったんだろう。

「……えっと。先、いいよ」

「あ、いや。どうぞ？」

「えーと、その。じゃあ、先に言うけど」

お互い譲り続けてても仕方ないし、俺のほうが先に言うことにした。

「……ほんとにありがと。やっぱり、この身体じゃ家に帰りたくなかったから、さ……」

会えば、きっとバレるし。そうしたらどうすればいいのか、わからない。

ただでさえ、あんな混乱した状態だ。家族に心配かけるだけだったたと思う。

今日、泊まらなくなったことも、将成が連絡してくれた。

本当に、全部、頼ってばかりだ。

「一緒に来てくれて、よかった」

「お前、もう、さっきからお礼言いすぎだって」

「だ、だって。本当に、いくら言っても足りないくらい、助かってるから」

「別に、いーの」

将成が、俺の前髪をくしゃりと撫でて、穏やかに言う。

「俺、お前のためならそんくらい、なんでもないから」

「………………」

ヤバい。

今、きゅんって、音がした気がした。

っていうか、比喩《ひゆ》じゃなく、胸のあたりがぎゅってなるもんなんだって、びっくりする。

頬《ほお》が熱くなりそうで、俺は誤魔化《ごまか》すように笑って、話を変えた。

「将成は？　なに言いかけてたの？」

「んー……」

将成は手をひくと、今度は俺から視線をそらし、庭のほうを見た。

空はまだ残照で明るいのに、日本庭園の庭木だけが黒い影に塗りつぶされて、なんだか不思議で……きれいな、風景だった。

「もし、このまま戻らなかったら、さ」

「……うん」

そうだよな。もう、そのことを、考えなきゃいけないのかもしれない。

可能性の低い怪しげな手段に頼るよりも、そのほうがずっと、現実的だもん。

……悲しい、けど。

そう、うつむいた俺に、将成は予想外の言葉を告げた。

「俺の、嫁さんになって？」

「え？」

聞き返した俺に、もう一度はっきり、将成は繰り返す。

「……俺の、嫁さんになってよ」

「あ、いや。聞こえなかったわけじゃなくて、その、びっくり、して……」

だって。だって、さ。嫁って、……嫁って！

う、うわ。だめだ。顔が勝手に熱くなる……！

「落ち込んでるお前に言うことじゃないかもしれないけどさ」

将成も、照れくさいのかな。頭をかいて、俺のほうを見ない。

その端整な横顔を、俺は、食い入るように見つめていた。

だって。

信じられなくて。

「——最近、お前のこと可愛くて、困ってた。嵐が元に戻りたいことは、よくわかってたのにな。ぶっちゃけ、北村の奴のことも、全然バカにできないくらいでさ」

「北村さん？」

なんで今ここで、あの人の名前が出てくるんだ？

「……襲っちゃいそうだったんだよ。お前のこと」

「！」

直接的な表現に、ますます、頭が熱くなる。

や、違う。頭だけじゃない。身体も、どんどん、熱くなっちゃってる。

だって。将成が。俺の、こと……？

「お前が、好きなんだよ。可愛いし、触りたいし、抱きたい。俺だけのものに、したい」

「…………」

声も、出なかった。

驚いて。でも、それ以上に。

胸が、きゅんってなって。ぞくぞくって、肌が震えて。

……わかる。俺の身体が、反応、しちゃってる。

俺も。触られたい、って。

「ごめんな。女扱いされるの、嫌がってるのに。俺もこんな……まわりの奴と、似たような獣《ケダモノ》でさ」

ははって、将成が自嘲《じちょう》する。

まだその目は、俺を見なくて。照れた横顔が、なんだか、たまらなくて。

頭のなかが、バカみたいに、『好き』でいっぱいになる。

好き。好き。好き。大好き。好き。

「将成」

「ん？　あ、ああ。大丈夫。別に、今日も違う部屋で寝るし」

「やだ」

将成の浴衣の袖を摑んで、俺は、首を横に振った。

「嵐？」

「女扱いされんの、嫌だった。い、今も、そうだけど、でも。……将成になら、いい」

お前だけ、なら。

だって。

「俺、も……好き、だから。将成だったら、触って、……いい」

「…………」

しばらく、将成の返事はなかった。

不安になりかけたとき、ようやく。絞り出すみたいに、将成が、言った。

「ばっか、お前……そんなこと、言われたら……もう、我慢なんて、できるわけないだろ」

「っ！」

ぎゅうって。

攫《さら》うみたいな力強さで、将成の両腕が、俺を強く強く、抱きしめる。

「将成……」

その力も、熱も、嬉しくて。力が抜けて、なんかもう、蕩《とろ》けたみたいに、俺は将成に身を寄り添わせた。

「本当に、俺ならいい？」

「うん」

「無理してないな？」

そんなわけないのに。なんだかちょっと、可笑《おか》しくなる。むしろ……。

「将成こそ、……俺のこと、慰めようとしてるだけじゃないの？」

「……そんなわけ、ないだろ」

バカ、と呟いて。

くいと顎《あご》を持ち上げられ、そのまま……キス、された。

「ん、……っ」

薄めでおっきめの、将成の唇。柔らかいそれが、俺の唇を覆うように重なる。一度強く押しつけられて、それから、ちゅって軽い音をたてて離れた。

「……なんか、あれだな」

「あれ？」

照れ隠しなのか、妙に神妙な調子で、将成が。

「嵐なのに、すごいドキドキするな」

「俺なのに、って、ちょっとそれはひどくないか？」

思わず顔をしかめたけど、でも、なんか笑えて。自然と口角をあげて、俺は将成を見上げた。

「だってさ、ずっと幼馴染みで、一緒に育ってきてさ。それこそ、裸だって見飽きてるし、なんでも知ってる相手なんだぞ？　なのに……」

一旦言葉を切ると、将成は俺の手をとって、自分の胸の上に当てさせた。

将成の、心臓の、あたり。

——大きくなってる鼓動が、俺の手のひらにも、薄い浴衣越しにかすかに伝わってくる。

うわ、ほんとに……こんな、ドキドキ、してるんだ。

俺が、欲しい、から？

驚く俺の耳元で、将成が、低く囁《ささや》いた。

「……お前のこと、抱くんだなって思ったら。こんなだよ」

『抱く』って。それはそうだけど、そんなあからさまに言われると……っ。

「そ、そんなふうに言われたら、俺だって……」

将成の手を、とって。同じように、俺も、自分の胸に触れさせた。

太めの指先が、柔らかい肉に沈む感触に、ますます……ドキドキ、する。

「ほら……ドキドキ、してるんだから、な」

「……嵐、胸、前よりでかくなってないか？」

「ちょっ！　そ、そっちじゃなくて！」

確認してほしいのは、動悸《どうき》のほうだっていうのに！　もう!!

「そうだな、ごめんごめん」

あははって、声をあげて笑って。それから、ちゅって、不意に俺の目元あたりにキスしてくるから。びっくりして、怒れなくなる。

「ほんとに、すごいドキドキしてるんだな。……それで、柔らかい」

「……ぁっ」

だから、そっちじゃない……って、言いたい、けど。

ちゅ、ちゅって。何度もキスしながら、胸、撫でるみたいに、でっかい手が揉むから。

「ん……ふ……♥」

全身、ぞくぞくして……息が、あがってきちゃうのが、わかる。

最初っから蕩けてた身体は、もう、どこを触られても、感じちゃうみたい……で。

「ほんとに、女の子の身体なんだなぁ。……優しく、しなきゃな」

舌なめずりしながら、将成が俺をその場に押し倒すけど。

「ちょっ……、庭のほうから、見えちゃうってっ」

「離れの庭に、誰が入ってくんの？　……まぁ、もしかしたら、気づかれるかもしれないけど」

俺を見下ろしながら、将成が、セクシーに微笑む。

「俺は、嵐と愛しあうの、恥ずかしくないよ？」

「あ、……っ」

そういう言い方されると、これ以上嫌って言いにくいだろっ。

なんて、わたわたしてる間に、あっという間に浴衣ははだけてしまう。

「ヤバいなぁ。セクシーな身体」

あらわになった胸を撫でるだけじゃなくて、小さく音をたてて、幾度も将成の唇がついばむ。

「あ、あんま……見るな、ってば」

「やだ」

あっさり言い放って、また、俺の胸に顔を埋《うず》める。

もう、腰のあたりがむずむず疼いて、ぞくぞくして、……困る。

「嵐、乳首立ってる」

「！」

指摘されて、思わずびくんと肩をすくめた。でも、将成は、そのままただじっと、楽しげに見てるだけだ。

「緊張してんの？　それとも、期待してんの？」

「た、立って、ないってば……っ」

弱々しく反駁《はんばく》するけど、違うって、わかってた。

むしろ、将成の視線に晒されて、震えながら、もっと堅く立ち上がってきてるって。

身体が、どんどん、勝手に反応してる。

「触ってほしい？　……そこ」

「……ふ、ぁ……」

やわやわと、将成の手が俺の胸を揉む。だけど、指先のギリギリで、乳首には触れないまんま。

もう、じれったい。だけど、恥ずかしい。

「なぁ」

「ひ、ぁッ」

ふぅって、息だけ吹きかけるとか……もう……ひどい!!

それだけで、乳首がジンジンするくらい、感じてんの、に……！

「も……い、いじ、わる……っ」

「あ。意地悪か、これ」

「そうだよっ！」

どう見ても、感じてるのはバレバレだってのに!!

「ごめん。だって、嵐が可愛いから」

「ぅ……ぁ、や、ぁッ♥」

きゅって。

いきなりつねられて、頭のなか、真っ白になった。

さんざん焦《じ》らされてた乳首は、もう、性器みたいに敏感になっちゃってる。

それを、そんなふうに、ぎゅってされたら……。

「しょ、ぉせ……ぇ……」

「……可愛い声。もっと、聞かせて？」

「ぁ、ん、んっ」

先っぽ、弄りながら。片方には、熱い舌が絡みつく。

強く吸い上げられちゃうと、身体の奥が、きゅんって疼いて。

恥ずかしいのに、じわ……って、溢れて、くる。

「や、ぁ……も……そこ、ばっか、りぃ……」

「……いやってわりに、押しつけてるの、嵐だけど」

「……ぅ……」

たしかに、将成の頭、抱え込んじゃって。

俺ってば……。

「ご、ごめん。苦しい、よな」

「別に？　おっぱいで苦しいとか、幸せだけど」

「まぁ……気持ちは、わかるけど……」

俺も心は、男だし。

まさか言われるほうになるとは、思ってもなかっただけで……。

「でもほんと、マシュマロみたいなおっぱいで、すげぇ気持ちいい」

……そんなに嬉しそうに頬ずりされると、なんか、俺も嬉しいっていうか、その……。

妙な気持ちになっちゃうな。可愛い、みたいな。

「さすがに、パイズリできるほど、大きくないけどな」

「そうか？　できると思うけど。……まぁ、いいよ。そんなの」

「そんなのって……」

男のロマンだろ？　って、唇をとがらせる俺に、将成はふふっと笑って。

「お前のナカのほうがいい」

「……っ!!」

も、もう!!

そんなん言われたら……頭、爆発するだろ！

「あは、嵐。顔、真っ赤」

「当たり前だろっ！」

「なんで？　だって、したいよ。……欲しいって、そういうことだからな？」

「ん、ぅっ♥」

不意に乳首に嚙《か》みつかれて、快感でのけぞっちゃう。

口元を手で押さえても、恥ずかしい声は止めらんないみたいだった。

「は……ぁ……」

閉じた足の間。もう、ぐっしょり濡れ始めている、そこ。

下着越しに、将成の指先が触れた。

そろえた指先でそこを押すと、薄い布に、じゅわって滲むくらいで。

「すっごいな。トロトロ」

「ふ、ぁ、……ッ」

乳首を舌先で転がしながら、指先でアソコをいじめられて、もう、喘《あえ》ぐしか、できない。

でも、もう……もどかしい、よぉ。

もっと、ちゃんと……。

下着越しなんかじゃ、なくって……うぅ……。

「……もっと、気持ちよくしてほしい？」

俺の心を読んだみたいに、将成が尋ねる。

――いや、たぶん、こんなに腰をもじもじさせてたら……バレバレだったって、だけかもだけど……。

「……う、ん。……し、て……ぇ」

もつれそうな舌で、おねだりする。その言葉に、自分の身体が、また熱くなるみたいだった。

「いい子」

ちゅっと俺にキスして。将成の手が、俺の下着を下ろす。

俺も腰を持ち上げて、それに協力する。

そのまま、浴衣の裾《すそ》を割って、大きく太ももを広げさせられた。……将成の目の前で、もう、全部、さらけ出される。

「……本当に、女の子だなぁ。全部」

指先で軽く触れながら、トロトロに蕩けたソコを観察される。

「そ、だよ……、触れば、わかるだろっ。恥ずかしいから、も……ぅ……」

「見るんじゃなくて……弄ってほしい？」

「ぁ、んっ」

ヌルヌルになった指先が、俺の堅くなったクリトリスをつつく。

甘い快感が脳を直撃して、もう、俺の理性なんて、ぐずぐずになるのはすぐだった。

「しょぉ、せぇ……そ、そこぉ……も、っと…ぉ」

「ここって、男のちんこと一緒っていうけど……なんか、嵐、もっと気持ちよさそう」

「ぁ、わかん、な、ぁっ♥ でも、きもち、い……っ」

「こっちは?」

「ひゃ、ぁっ」

ぬるん、って。

……はい、っちゃった。将成の、指。はいって、る。俺の、なか……っ。

痛く、ない。でも、なんか……。

「いい顔」

「ふ、ぁ、あ♥」

親指でぐりぐり、クリトリスを弄りながら、中指でナカもぐりぐりされて。

ぐちゅぐちゅ、やらしい音が響いてて……。

「なぁ、食っていい?」

「……へ？」

なに、を？　って。

蕩けた頭が理解するよりも先に、将成が身体をずらして、顔を伏せた。

「えっちな匂いだな。……うまそ」

「ぇ……あ、ぁあんっ」

かぶりつく、みたいに。

将成の舌が、俺の、アソコ、舐《な》めて、しゃぶって。

ナカ、指先でかき回されて。もう、あっちもどっちも、全部、気持ちよすぎて……おかしく、なりそ……っ。

「やっ……ぁ……すっごい……イイ……よぉッ」

腰が、ぐいぐい動いちゃう。

もっと、って。

イきたい、の、って。

それだけで、もう……アタマ……いっぱい、で……。

「しょお、せぇ……イく……イっちゃ、ぅ……～～～♥」

――びくびくびくって、全身が震えて。

イった、って。わかった。

それから、一気に全身の力が抜けて……。

アソコだけ、まだ、どくんどくん、脈を打ってる。

「……可愛かった」

顔をあげた将成が、口元を拭って、満足げに笑う。

うう、めちゃくちゃ恥ずかしい。

それで、えっと……この後って、当然…………。

無言のうちに、お互い覚悟と期待をした、そのときだった。


――チリリリーン……。


離れの呼び鈴が鳴る。仲居さんが来た合図だ。

う、わ。今の、聞こえてないと、いいけど。

「よろしいでしょうかー?」

逆の入り口のほうから、声も聞こえる。

将成があからさまにため息をついて、がっくりとうなだれてから、しおしおと立ち上がった。

「夕飯が、先か。まあ、お預けだな」

「う、うん」

慌てて浴衣を着直しながら、頷く。

そういえば、持ってきてくれるって、さっき言ってたな……すっかり忘れてた。

できあがった身体は、ぽわぽわしたままで、なんだか妙な感じだ。

「後で、な」

色っぽく微笑まれて、また、心臓が跳ねる。

「う、うん」

後で、って。


……その後食べた夕食は。

せっかくのご馳走《ちそう》だっていうのに、全然、味がわからなかった。

「あ、今日豚肉安いな」

「らーん。牛肉買わない？」

「なんで。給料日でもないのに」

「美味そうだし、お前好きじゃん」

だから！　と、パックのステーキ肉を手にアピールする将成は、お菓子をねだる子供みたいで、俺は呆《あき》れつつも笑ってしまった。


俺たちは、あの後、軽く実家に顔を出して、すぐに東京に戻った。

気づかれる前にというのもあったし、なにより、今は二人で過ごしたかったせいもある。

半分成り行き……というか、まさかって感じで恋人になったわけだけど、そうなってみたら、びっくりするほど楽しかった。

趣味も行動もよくわかっているし、仕事のことだって話は早い。

ひとりになりたいときは、正直に言えばそうしてくれるし、なんていうか、驚くほどスムーズって感じだった。

ただ、そこまでは、幼馴染みの親友という関係のそのままでも、あるんだけど。

その上、その……たぶん、身体の相性も、よかった、っていうか……。

そうかなぁとは思ってたけど、予想以上に将成はエッチが上手くて。

俺は毎晩のように手玉にとられて、あれよあれよというまに好きにされちゃうのだ。

……まぁ、それが、その……気持ちいいし、嬉しいんだけどっ！


今日は土曜だから、朝から女の格好で、将成と買い物に出かけた。

買い物っていっても、将成の近所のイオンだけど。

昼は適当にハンバーガーで済ませて、ちょっとした日用品も買った。あとは夕食の材料を買って帰るだけだ。

そんなわけで。

「牛肉でもいいけど、ステーキよりハンバーグがいい」

「んー、そっか。そしたら、作るか」

あっさりステーキ肉は陳列棚に戻して、かわりに合挽肉《あいびきにく》を探しながら、将成が言う。

「え!!」

「たまにはいいじゃん。っていうか、相変わらず、ほんとに自炊苦手だなぁ」

将成はそう言うけど、俺は不安でしかない。

ハンバーグっていったって、成形してあって、焼くだけのを買うつもりだったんだけど……。

自慢じゃないが、俺は料理はほとんどしない。

ひとり暮らしで自炊なんて、ロスのほうが多いと思うし。今時はコンビニと食育知識さえあれば、健康的に生きていくのは可能だってのが持論だ。

でも、将成はけっこう料理もするんだよなぁ。チャーハンなんて、マジでプロ級だし。ハンバーグくらい、なんてことないのかもしれないけど。

「失敗したら、それはそれなんだし。えーっと……」

早速スマホ出して、レシピ検索してる。こういう、ポジティブで、なんでもすぐ調べてやってみるとこが、結局仕事できる男ってことなんだろうなぁ。

それに比べると、つい。

「そしたら、冷凍のピザあたりも買っとこ……」

「へ？　なんで？」

「保険。失敗したとき、食べられるからさ」

後ろ向きに準備万端なのが、俺で。ほんと、タイプ違うっていうか……。

「成功したら、とっといて後で食べればいいんだし」

「そうだけど、そんな失敗ってするか？」

「忘れたか？　俺は、初めてのカップラーメンも失敗した男だぞ」

お湯の沸騰具合がよくわからなくて、ぬるい湯で作ったせいだけど。

「あー、そうだった、そういえば」

思い出したのか、あはは っと声を出して将成が笑う。っていうか、笑いすぎだ。

「だから、料理に関しては、俺は俺を信用しないの」

「まぁ、そうだろうけどさ。好物なんだし、今日一緒に練習してみよ？　店みたいにできなくたって、それが家の味ってやつだし」

「家の味、かぁ」

「そうそう。いつか子供とかにも、食べさせたいじゃん？」

挽肉の次に、タマネギを取りに歩きながら、本当にさらっと、将成は言った。

さらって。

「……子供？」

「や、まぁ、いつか、な。できたらなーって」

照れた横顔。広い背中。

それがなんだか、急に遠いものに感じた。

「できんの、かな」

ぽつりと呟いて、無意識に、下っ腹のあたりを撫でてみる。

たしか、このへんだよな。ここに？　子供、できるのか？　俺が？

「……嵐？」

立ち止まってしまっていた俺に、振り返って、将成が小首をかしげる。

「あ……なんでも、ない。ごめんな。ハンバーグ、楽しみ」

「一緒にやるんだからな？　お前も」

「わかったって」

小走りで追いついたら、ぎゅって、カゴを持ってない方の手で、将成は俺の手を握った。

思わず顔を見ると、照れくさそうに、でも嬉しそうに笑うから。俺もつられて、微笑む。

——きっと俺たちは今、どこから見ても、普通のカップルだろう。

それも、かなり幸せそうな。

「嵐、さぁ」

会計を済ませて、荷物を車に積み込んで。

二人で帰る道すがらに、将成が、不意に言う。

「どうせさ、もうほとんどうちにいるんだし、……今度ちゃんと家借りて、一緒に住まない？」

「え……」

俺は目を丸くして、将成を見つめた。

「あ、ダメ？」

「ち、違う。びっくりしただけ」

慌てて首を振って、打ち消した。別に、ダメなんてわけじゃない。

でも、……今、一緒に暮らすっていうのは、その……。


昔、将成と暮らしたことはある。

東京の大学を受験するとき、一ヶ月ちょいくらいだったかな。将成のアパートに転がり込んで、狭いって言いながら、二人で過ごしたんだった。

「前のアパートで暮らしたのって、八年くらい前？　だっけ。受験はしんどかったけど、将成と一緒なのは、楽しかった」

「うん、俺も。……だからさ、いいじゃん？」

「……」

「二人分の給料なら、もうちょっと広くて、会社近いとこも選べそうだしさ」

「あー、そだね。そしたら、そのほうがいいなぁ……」

「だろ？」

ウキウキと言う将成に、俺も、頷いた。

――でも。

今、一緒に暮らすって意味は、昔とは違うよな。

昔は、同居。

今は、……同棲《どうせい》？

この先もしかしたら、子供をもって、家族として、生きていくかもしれない。添い遂げていくんだろうって、そんな未来が、リアルにそこに感じられるんだ。

意識すると、なんか、ドキドキしてくすぐったい。きっと将成は、いっぱい俺を幸せにしてくれる。守ってくれるだろう。

だけど。

同じだけ、なんだか、辛《つら》くなる。


――男に戻ったら、どうしよう。

だって男になったら、この幸せは、全部、俺の両手から消えてしまうんだろ？

女になった理由もきっかけもわからないんだから、今度は逆に、いつ男に戻るか、それもわからないんだ。

もし……もし万が一だよ。妊娠とか、して。子供も生まれたとして、だ。それで急に、男に戻ったりしたら？

子供もだけど、……なにより、きっと。俺は、将成を失ってしまう。

だって、将成は、俺が『女だから』つきあってるんだから。

結婚して、子供が欲しいって願ってる、普通の……ごく普通の、男性なんだからさ。

だから……。

このままでいたいって気持ちと。

やっぱり男に戻りたいっていう気持ちと。

その両方がせめぎあって、時々、叫び出しそうになる。

将成に抱かれてる間は、幸せなのに。でも、ふとした瞬間に、俺の不安な心は、取り残されてるって気づく。

真っ暗な、なんにもない荒野で、ひとりぼっち。

両手で顔を覆って、立ち尽くしてるみたいな気持ちになるんだ。

「俺、洗濯だったら、けっこう好きだからさ」

「じゃあ、そっちは嵐の担当だな。俺は片付けとかやるかー」

「うん、ありがと」

「ふふ」

赤信号で、車が停まる。その隙《すき》を狙《ねら》って、将成が、ちゅって俺の頬にキスをした。

「危ないって」

「大丈夫だってば」

そう、笑いあったりして。

きっと、今日も、帰ったらいっぱい、抱きあうんだろう。

幸せで。

幸せ、なのに。

辛くて。

辛い、んだ。


俺の心の一部分は、まだ。

荒野に、ひとりぼっちのままだった。

だんだんと、夕暮れの朱色が濃く長く感じるようになってきた。

セミの鳴き声が移り変わり、都会にいても、残暑を感じられるようになった頃だった。

阿良々木が、会社を訪ねてきたのは。

昼休みまで近くで時間を潰してもらって、俺は会社から少し離れた喫茶店で、阿良々木と待ち合わせをした。

阿良々木みたいな、よくいえば個性的なファッションの人間と、社内で話すわけにもいかないから、仕方ない。

「お待たせ、その……」

正直、会うのは、少し気まずかった。

言うことは聞いたのに、なにも変わらなかったことに対して、怒りがないっていったら、嘘になる。

「あのブレス、切れたけど。悪いけど、無駄だったぞ。なんにも変わってない」

「うん。そうみたいだなぁ」

クリームソーダを美味そうに飲みながら、阿良々木はのんびりと目を細めている。

別に、動じている気配も、逆に恐縮してもいない。いたって普通に。

「あのな。同級生として言うけど、あんまり詐欺みたいなことしてんなよ？　呪いだとか、なんとか……」

「んー……まぁ、そう言うのはわかるけどさー。最後は自力なんだよねぇ」

阿良々木が小首をかしげる。

「自力ってどういう意味だよ」

睨《にら》みつけた俺を、まっすぐに見返して、阿良々木がすぱっと言った。

「高瀬、本気で男に戻りたいって思ってないんだろ」

「…………」

ぐって。息を呑んだ。

その時点で、認めたも同じだ。

『ほら、な』とでも言いたげに、上目遣いに俺を見やって、阿良々木はまたストローに口をつける。

「ブレス、ちゃんと神社で切れたんでしょ。それで、埋めてきたんだよね」

「う、うん。言ったっけ？」

「後ろの人が教えてくれるし、見えるから大丈夫。んー……なるほどねー」

あっさりとオカルトちっくなことを口にして、またなにやらひとりで阿良々木は納得している。

「なにがなるほどなんだよ」

「んー、えっと、さー。あのブレスが切れた時点で、ちゃんと神様は力を貸してくれてたんだよね」

「え……嘘だろ？ だって、なんにも変わってないのに？」

「それはさー。えっとね、まずそこで、お前を『殺そうとする呪い』は切れたんだよ。それなのに、高瀬の意識がちゃんとしないから、先祖のかけた、お前を『守ろうとする呪い』だけが残っちゃったわけ」

「守ろうって……えっと」

たしか……男だと殺されるかもしれない。だから女にして、守ろうって呪い、だっけ。

「……守るって、呪いっていうのか？」

「おまじないって、漢字は一緒でしょ。祝福も呪いも、相手を変えてやろうって傲慢《ごうまん》さは一緒だし？」

なんだか辛辣《しんらつ》なことを口にして、阿良々木はニヤリと笑う。

「『守る』っていうきれいな言葉を使えば、なにしてもいいと思ってんのは、間違いじゃないかなぁ？ 『正義』とか、『義憤』のほうが、実は悪意よりずっとたちが悪いこともあるしね」

「……？」

阿良々木のその言葉は、なんとなく、俺を通して違う誰かに向けてるみたいだった。

「まぁ、高瀬が女の子として生きるなら、それはそれでいいと思うし」

「そんな、簡単になぁ」

人ごとだと思いやがって。そう毒づいた俺に、阿良々木はむしろ不思議そうに口を開いた。

「だって、簡単でしょ。性別なんて、どんな服を着てるかってくらいのことだし」

今日もゴスちっくな、ドクロと血糊《ちのり》だらけの服を軽くひっぱって、阿良々木は言う。

「俺はこういうファッションが好きだし、こだわりも愛着ももってるけど、かといって、この服を脱いだら、もう俺じゃないなんて思わないよ。高瀬だって、そのスーツ脱いだとこで、高瀬って人間には変わりないでしょ」

「……まぁ、そう、だけど……。服と違って、性別って自分が選んだものでもないし、簡単に変えられるわけでもないだろが」

「えー、でも、今は見た目だけなら変えるのも簡単だって。女装も男装もさ。ＬＧＢＴだってどんどんオープンになってんのに、いつまでも性別にこだわりすぎるのも変じゃね？

って、俺は思うんだよねー」

「……ふぅん……」

阿良々木の言うことは、なんか、俺にとっては斬新な意見すぎて、すぐに呑み込むことはできなかった。

そりゃ、女装とかする人がいるのは知ってるけど、それはあくまで知識ってだけで、滅多にいるわけないと思ってたし。

それがごく少数の。俺には関係のない。そういう、話だと思ってた。

「男でも、女でも、……俺、か……」

ぽつりと呟いた言葉に、阿良々木は、「うん、そーそー」と。あの細い目を弓なりにしならせて、笑った。

結局、今日はお茶代をおごりもせず。相変わらずなんの相談料も請求しないまんま、阿良々木は帰っていった。

なにしに来たんだ、という気もするけど。

……なんとなく。すごく、なんとなく、だけど。

確認しに来た感じ、だった。それと、俺じゃなくて、俺の後ろにいる『なにか』に会いに来たっていうか……。

　こんなこと人に言ったら、アタマおかしくなったと思われるから、絶対言わないけどさ！　ただ、でも、なんか……そう思えたのは、たしかだった。


だけど、なんか、変なこと言ってたな。

身体の性別なんて、服と一緒だとか、なんとか……。

……だったらいいって、思うけどさ。

どっちも同じ『俺』だって思えれば、どれだけ楽か。

でも、俺はそう簡単には思えないし、なにより、将成もそう思わないだろう。

『女』の俺だから、恋人になれたんだって、わかってる。

だけど………。


……結局、どんなに悩んでも、答えなんか出ない。

そんな気持ちのままのせいか、仕事もつまらないミスが増えて、今日は珍しくがっつり、課長に呼び出されて叱《しか》られてしまった。

「ここんとこのお前、けじめがないんだよ。ぼーっとして。だから、こんなミスするんだろう？　わかってんのか!?」

「はい……」

うなだれて頷きながら、情けなくて泣きたくなる。どの言葉も、その通りすぎるからだ。けじめがなくて、中途半端。それは、まさに今の俺の状態、そのままだった。

うじうじと、どちらとも決心がつかないまま、時間だけが過ぎていくうちに。

——ついに、俺の目の前に、現実が突きつけられた。


「嵐、大丈夫か？」

会社を休んだ俺を心配して、夜になってから、将成が家まで来てくれた。

ラインで状況は話したけど、手に提げたコンビニ袋は、レトルトのおかゆやら、バニラアイスやポカリやらと、俺を気遣った品々でパンパンだった。

「ごめん、わざわざ」

「いいって。腹痛いんだって？　風邪《かぜ》ひいたか？」

おでこに手を当てて、「んー」と小さく唸る。

「熱はないな」

「病気じゃないから、たいしたことないんだって」

「そうなのか？」

不思議がる将成をおいて、申し訳ないけど、布団に潜り込む。

立ってるのも、だるい。

「うん、そう。……ほら、なんていうか、その……」

さすがにはっきりは言いたくないのに、今日の将成はやけに鈍感で、目を丸くするばっかりだ。

「女だと、なるやつ。あれ」

「ああ、生理か。……え、あ、そうなんだ！」

納得してから、改めて驚いた声をあげる気持ちは、俺にもよくわかる。

俺だって、下着に滲んだ鮮血を見た瞬間、衝撃で頭を殴られたみたいだった。

まずもって、血なんて見慣れてないから、気持ち悪いしすごい怖い。

その上、なんか、……本当にもう、女、なんだって。俺の身体は、子供も生めるんだって、確実に、わかってしまったんだ。

近所のコンビニで、とにかく適当に生理用品を買い込んで、ネットの情報をたよりに手当を済ませた後に、俺は衝撃と貧血と生理痛で完全にダウンしてしまったというわけだった。

「それなら、生理用品も買ってきてやればよかったな。あ、じゃあ、あっためないと。んー、湯たんぽみたいなの、あったっけ？」

最初の驚きの後は、意外なほど将成はけろっとしている。

「……ない、けど。なんでそんな、詳しいわけ？」

前の彼女とかに、そうしてたのかなって。

ちくって、胸が、痛んだ。でも。

「ああ、ほら。姉貴がさ、ああいうやつだから」

将成より四つ上の姉さんのことは、俺もよく知ってる。

『ああいう』なんて言い方するけど、美人で優しくて、きれいなお姉さんなのになぁ。

嵐は外面にだまされる、とは将成はよく言うけど。

「うちは妹だしなぁ……」

年が離れてるのもあって、こんな身体のことなんて、全然話したことないけど。同じ男と女の兄弟でも、違うもんだな……。

「まぁ、でも、それなら安心した。鎮痛剤は？　飲んだ？」

「……うん」

「ならいいや。じゃ、あとは本当に、あったかくして寝てな?」

将成の大きな手が、ゆっくり、俺の頭を撫でてくれる。

あったかくて。優しい、手。

「痛い?」

「痛いっていうか……なんか、だるくて、こう……内臓摑んで、絞られてる、みたい……」

下っ腹のあたりが、ぎゅうって。

そんな俺の説明に、心底気色が悪そうに、将成が太めの眉をひそめた。

「それは……イヤだな……」

「うん……気持ち、悪い……」

なんか、ムカムカする気持ち悪さもあって、朝から食欲もない。

「可哀想《かわいそう》にな」

自分まで痛いみたいな顔で、将成が、頭を撫で続けてくれる。

撫でられるたびに、なんだか、心の堅い殻がむけて、柔らかい、素直な部分がむき出しになっていくみたいだった。

「こんな苦しいなんて、知らなかった……マジで……」

「これから、毎月だもんなぁ」

妙にしみじみと言われて、ああ、そっか……と思う。

これから、毎月。ずっと。つきあっていかなくちゃいけないものなんだろう。

男に戻れない限り、ずっと。

……もう。

本当に、戻れないのかな。

「…………つら、い」

ぼそりと呟いた途端、涙が、目尻《めじり》からぽろりと伝い落ちていった。

泣くつもりなんてなかったのに。勝手に溢れ出した涙は、俺の意思とは関係なく、ぼろぼろと溢れていってしまう。

「あー……可哀想になぁ」

ちょっとおろおろした感じで、でも、子供をあやすみたいに、優しく。

「アイス、食える？　背中、さすろうか？」

一生懸命尽くしてくれるのが、ありがたくて、嬉しい。

「わがまま、言っていいからな。俺、ここにいるから。……約束、したもんな」

俺の家はスーパーで、家族全員で経営してるようなもんだったから。風邪をひいても、看病なんてしてもらえるわけじゃなくてさ。

むしろ、『風邪ひくなんて、バカだ』って叱られるのが関の山だった。

両親のこと好きだけど、でも、あれだけは未《いま》だに、少し恨んでる。

昔、ぽろっと将成にそのことを話したら、将成もわかるって言ってくれたな、そういえば。将成の家の場合は農家だけど、やっぱり似たようなものだったから。

あのとき、お互い具合が悪くなったら、看病しあおうなんて笑い話したけど。

将成、ちゃんと覚えててくれたんだな……。

「……っく、……」

本当に、好きで。

大好きだ。優しい、将成。

だから、……だから、もう、限界なんだ。

「も……あんま……優しく、しないで」

「……え？」

寝返りをうって背中を向けると、俺は布団を頭からかぶった。

「考えてたんだ。ずっと」

俺の声は、涙で震えてた。熱い涙が、相変わらず滲んで、止まらなくて。

「将成のこと、大好き、だけど……俺が、女の身体だから、将成は、つきあってくれただけだろ……？」

「……え？」

「もし、俺が男に戻ったら……別れるんだろう、なって……だか、ら……」

口にしたら、ますます、泣けてきちゃって。

もう、半分くらい、ろれつ回ってない。

ほんと、バカみたい、俺。

「もう、今、から……別れたほうが、い、っそ……」

本当は、イヤだけど。

別れるなんて、言うだけで泣けてくるけど。でも。

捨てられるのは、どうしても、怖くてたまんなくて。

「嵐！」

ばさっと布団がのけられて。力強く、半ば持ち上げるようにして抱きすくめられる。

俺が子供みたいにじたばた暴れても、なんなく押さえ込まれてしまった。

「……ぅ……」

何度も。

「男に戻ったって、好きだ！　だから……そんな心配、すんなって」

髪の毛も、涙で濡れた顔も、やたらめったらに将成が撫でて、キスしてくれる。何度も、

俺の名前を呼びながら。愛《いと》しくて、たまんないみたいに。

……嬉しくて。苦しい。

「そんなこと、言われたって……信じようが、ないだろ」

意固地になってるのは、わかってる。

だけど、一度たがが外れた感情は、もうブレーキがきかなくて、俺はひどいことを口にしてしまう。

「元から、ホモでもないんだし。好きって言ったって、同じように抱けるわけない！」

「抱けるよ。……あのな。男とか女とかじゃなくて、嵐が欲しいって思ったから、俺は抱いてんだよ。馬鹿にすんな？」

「……でも……、っ」

反論しようとした唇は、強引にキスで塞がれた。

絡みついてくる舌は、もう俺の弱い場所なんて、みんな知ってるから。

「ん、……ぅ」

ぞくぞく震えながら、もぉ、力が抜けてしまう。

ずるい、こんなの……。

「俺だって、いろいろ考えたよ。大事な弟みたいだったお前に、勃起《ぼっき》するとか、頭おかしいんじゃないかとか。所詮《しょせん》、女の子の身体が目の前にあったら、欲情しちまうってだけなのか……とか、さ」

「……将成……」

知らなかった。いや、気づいて、なかった。

でも、考えてみれば、当たり前だ。俺よりずっと賢い分、将成が、悩んでないわけないじゃないか。

「で、結論。——大事なのは、嵐だってことだけだって。俺は、お前が可愛くてしょうがないし、俺だけのものになってほしいの。わかったか？」

「………………」

わかった、って。

すぐには答えられなかった。

だって、そんなの……俺に都合がよすぎるし。すぐに信じられない。

ただ、俺は、じっと将成の目を見つめた。それでなにかわかるって思ったわけじゃない。

そうするしかできなくて、だ。

今までの、いろんなことを、思い出す。

いつだって、将成がそばにいてくれたことを。

「嵐」

将成も、じっと、俺を見つめる。ついばむようなキスを、何度もしながら。

「男でも、女でも、どっちでも変わんないよ。……嵐を、愛してる」

「あ……」

かあああって。

顔が、真っ赤になったのが、わかった。

愛してるなんて言われたの、初めてだ。めちゃくちゃ照れるけど、だけど……。

「だからさ、えーと、なんか……呪い、だっけ？　それがなんなのかとかは、やっぱ全然わからないんだけどさ。嵐が、楽なほうがいい。女の子として生きていくとしても、男に戻る方法を探すにしても、さ。どっちにしても、俺はただ、お前を支えてくだけだから」

囁くように、将成は言って。それから、軽く笑った。

「ま、今は戻りたいよな。女の子、辛いもんな」

「……しょぉせぇ……」

嬉しくて。

大好き、で。

俺は、両手を伸ばして、ぎゅうって将成にしがみついた。

もう、このまま。ひとつに肌が溶けちゃえばいいって思うくらい。ぴったり、くっついていたくて。ぎゅうぎゅう、力を込めて抱きついた。

そんな俺を、将成は包み込むように抱きしめて、頬ずりをしてくれる。

「……ありが……」

ありがとう、と言いかけて。いつもそればっかりって、前に言われたことを不意に思い出した。

ありがとうって気持ちもあるけど、そうだ。今はそれよりもっと、正しい言葉を、俺は知ってる。

「……愛してる」

初めて言われて、初めて、言った。

口にしたら、こんなに気持ちにぴったりするんだって、なんか、驚く。

ああでもやっぱり、そう何度もは、言えないけど……。

「うん。一緒だな」

額をあわせて、見つめあえば、確認できるんだ。

同じ気持ちでいるって。

「うん。一緒。……俺も、将成が、男でも、女でも、……んー、たとえば動物だったとしても、さ。愛してるし、ずっと……一緒にいたい」

阿良々木が言ってたこと、今ならすとんと納得できる気がする。

性別なんて、ただの外見の一つでしかないって。

だって俺も、将成がどんな姿でもいいって、気づいたから。

男でも、女でも……なんであっても。

「俺が女だったら、ゴツそうだけどなぁ。それでも、愛してくれんの？」

「うん。だって、将成なんだからさ」

即答すると、将成は、今日一番の笑顔を見せてくれた。

俺までつられて、笑顔になっちゃうくらいの。

「本当に、一緒なんだな」

「そう。そういうこと」

嬉しくて、気恥ずかしくて。思わずあははって、お互い声をあげて笑った。

幸せだなって。

ようやく、ちゃんと、感じた気がした。

「嵐、元気出たみたいだな」

「あ。……そういえば」

痛いのも、だるいのも、吐き気も、なんだか今はおさまっている。

結局、気持ちの問題も大きいのかな……。

「よかったな」

「うん。……でも、もうちょっと……」

離れるのはイヤで、思わず将成の服を掴んで、ねだったら。

「一緒にいるから、大丈夫。それよか、寝られそうなら、寝ちゃいな」

「……ん」

たしかに、ほっとしたら、なんだか眠気もこみあげてきた。

ふわぁって、あくびも出てきて。

「おやすみ」

将成の低い声が聞こえたのが。

その夜の、最後の記憶になった。

俺は、夜道を走っていた。
急な階段の段板は狭くて、今にも足がもつれて、転げ落ちそうだ。
でも、止まるわけにはいかない。
——追いつかれる。
そう、わかっているからだ。
冷や汗がこめかみから首筋までたれていく。
息が苦しい。
一体この階段はどこまで続くんだ？
左右には赤い柱が、階段を囲んでずらりと立ち並んでいた。
鳥居だ、と。
そこで、俺は気づく。
——ああ、これは、久しぶりに見る夢だ。
あの神社の、怖いものから、逃げなきゃ。
だけど。……いや、ちょっと待て？
俺は本能的に、なにかがおかしいと気づいた。

――『許サナイ』

耳元で響く声は、いくら走っても振り払えない。

そのことは知ってる。だけど、本当にこの声は、追いかけてくるものの声なんだろうか？


「……………」


俺は、立ち止まってみた。

夢のなかで、初めて。

あたりは暗い闇《やみ》に沈んで、この先ははっきりなんて見えない。俺のまわりを取り囲む鳥居だけがわかる。

それから、……思いきって、振り返ってみた。ただし、目は閉じて。

だってこれで、目の前にお化けのアップとかあったら、驚きで心臓が止まる。

俺を掴む手はない。なにも追って、こない。

そして、おそるおそる、薄く目をあけると……そこにあったのも、ただの、闇だった。

もう、追ってくるものは、いない。いないんだ。

なのに、なんで？

『……ナンテ…許サナイ……』

あの声だけは、耳元で聞こえる。

繰り返し呪いを吐く、これは誰だ？

「あんた……何者なの？　なにがそんなに、許せないんだよ」

そう尋ねて、耳をすます。そういえば、なにを言ってるかを確かめようなんて思ったのも、初めてだな。

くぐもった、恐ろしい、けれども哀切に満ちたその声が繰り返す言葉。切れ切れになったそれを、ようやく、俺は聞き取った。


――逆らうなんて、許さない。


そうわかった瞬間、ぞぉっと背筋に悪寒が走った。

これは、ヤバい。追いかけてくる奴とは違ったけど、こいつのほうが、ずっと怖い気がする。

また逃げだそうと、一歩を踏み出したときだった。

「うわっ！」

俺の前に立ちはだかっていたものに、思いきりぶつかって、俺は声をあげる。でもそれは、恐れていた存在ではなかった。

「嵐」

「……将成？」

なんでだ？　これは、俺の夢のなかなのに。

いや、いいのか。夢なんだから、突然将成が出てきても、おかしくはないんだよな。

「逃げなくていい。大丈夫だ」

そのまま、力強く、ぎゅうって俺を抱きしめてくれる。

夢のなかだっていうのに、その力も暖かさも、すごくリアルだった。

将成と俺を睨みつけているのは……巫女みたいな格好をした、女性だった。

顔はわからない。額に巻いた布から白い紙のようなものを垂らして、隠しているからだ。

顔なしの、けれどもその下は、俺への呪詛《じゅそ》に満ちていることは痛いくらいに伝わってきていた。

この人が、ずっと、ずっと、俺を呪い続けていた……その人なんだ。夢のなかだから、直感的に、俺にはそれがわかる。

暗闇のなかで、ぼんやりと浮かび上がる姿。着物の裾だけが、不自然なほどにたなびいている。

『我が子……我が愛しい子……。お前を殺させは、せぬ……』

その声も、さっきよりずっとはっきりと聞こえる。赤い小さな唇から、朗々と、いつまでも繰り返される言葉は、凛《りん》と冷たく響いていた。

『お前を離さぬぞ。……お前のすべては我がもの……。我の力に……従っておれば、……よい……。醜い男になぞなるな……我と同じものであれ……我と同じ……身であれば、よい……』

だんだんと。

唇の端がつり上がる。笑っている。心から。

俺を愛しているから。

『逆らうなんて……許さない……』

響き渡る哄笑《こうしょう》。

それは、エゴの塊に変じた愛情の姿だった。

——『守る』っていうきれいな言葉を使えば、なにしてもいいと思ってんのは、間違いじゃないかなぁ？　『正義』とか、『義憤』のほうが、実は悪意よりずっとたちが悪いこともあるしね——

阿良々木の言葉を思い出す。

彼女は、たしかに、俺を守ろうとしているのだろう。

不思議なくらい、その気持ちもまた、俺に伝わってくる。

だけど……。

「……もう、いいんです。もう、なんでもないから」

俺は穏やかに、そう告げる。

「俺を殺そうとする呪いは、終わったんです。それに、もう、俺には……愛する人が、いるから。俺を受け止めてくれる人が、いるんです」

将成の腕のなかにいるから、もう、怖くなんかないから。

『……我が加護なくては、生きてはいけぬぞ……？　死ぬぞ、死んでしまうぞ……？』

これは配慮じゃない。脅迫であり、呪いだ。

もう俺は、惑わされない。

「だから、もう、あなたの加護も……呪いも、もう、要《い》らない」

はっきりと告げた瞬間、全身に、激痛が走った。

まるで、巣立つ俺を叩きつぶし、その決心を折ろうとするかのような痛みだった。

「ぐ、ぁ、あ……ッ」

あまりの痛みに、悲鳴も出ない。

「嵐！」

もう一度、強く。将成が、俺の名前を呼んでくれる。

だから、必死で、その身体にすがりついた。

俺と生きていく、俺の選んだ、その人に。

でも、やっぱり。

めっちゃくちゃ、痛い。痛い、痛すぎる。

夢だっていうのに……こんな………。

「嵐！」

将成の声に目をあけてから、俺はしばらく、それが夢か現実か判断ができなかった。

簡単にいえば、寝ぼけてたってことだけど。

「え、あ……」

「大丈夫か？　おい」

「あ、うん……あれ？」

真っ青な顔で、将成は俺を抱きかかえている。夢のなかと同じに。

夢と違うのは、お互い布団で寝ているってことだけだ。

「お前、すごい勢いで悲鳴あげて、のたうち回るからさ。てんかんかなにかだったら困るし、とりあえず様子見てたんだけど……」

「いや、なんか……すごい妙な夢、見て」

痛みはすっかりひいていた。あんな、悶絶《もんぜつ》するほど痛かったのに、さっぱりだ。

ただ、その騒ぎを物語るように、全身だるくて、汗まみれになっていた。

「汗、気持ち悪……。着替えるわ」

「ああ、うん。でも、嵐……お前……」

「え？」

将成の手が、俺の胸のあたりを撫でる。

……俺の、平たい胸を。

「………………」

「………………」

そのまま、お互いはしばらく、絶句だった。

驚きすぎて、なんにも言えなかったから。

ただ……。


俺が、男に戻って。

将成は……本当に……。


「よかったな、嵐！」

そんな不安を吹き飛ばすように、将成は喜びに満ちた声をあげて、俺をもう一度、強く抱きしめた。そしてそのまま、何度も頰ずりする。

「ほんと、よかった……」

「……将成……俺……」

戻れた。

戻れたんだ、ようやく……!!

「……う、うわあああんっ!!」

嬉しくてたまらなくて、子供のように声をあげて俺は泣き出した。

ほっとした気持ちが大きすぎて。
――ようやく、終わったんだ。
なにも、かも。

元通りの生活が、返ってきた。

「えー!! 戻っちゃったのか。残念だなぁ……」

北村さんはめちゃくちゃがっかりして、もう口説いてきたりはしなくなった。

以前よりは親しく話せるようになったけど、そこまでだ。

「だって俺は、女の子の高瀬が好きだったからさ」

「まぁ、普通そうですよね」

そっちのほうが納得するし、わかりやすい。

だから別に、俺も北村さんに対して、不満とかはなかった。むしろ、おかしなことを言われなくなって、本当にすっきりしたって感じだ。

阿良々木には、電話をかけた。やっぱり、報告はしておこうかなと思って。

でも、相変わらず、とうにわかってたみたいな口調で。

「真実の愛は強いねー。山野先輩に、感謝しないと」

なんて、言われた。

……別にあんなの、ただの夢だと思うけど。いや、そもそも夢の内容なんて、一言も話してないんだけど。

「俺も勉強になったし、ありがとな。じゃあ、元気でー」

「勉強って、なにが」

そう言い返したけど、もう通話は切れていた。

最後まで、よくわかんない奴だ。

まぁ、またいつか、同窓会とかで会うだろ。


それから。

将成は。


「誕生日おめでと！」

「ありがと、嵐」

拍手で祝う。

今日は、将成の誕生日だ。ただ……。

「ほんとに家でよかったわけ？」

「うん。もうこじゃれた店とか、疲れるだけだって」

そう将成が言うもんで、リクエストに応えて、場所は将成の家。ご馳走は、俺が作ったハンバーグだ。

「ほら。上手くなっただろ」

「そうだなー」

今回はとくに、ソースも上手にできたし、焼き色もばっちりで、添えたにんじんとブロッコリーがよく映えている。まさに、会心のできばえだ。

将成と作ってから、何度か自分ひとりでやってみたからな。ふふん。

あ、そうだ。写真撮っとこ。会社で見せたいし……。

「なぁ、嵐」

「ん？　あ、将成は食っていいよ」

「うん、食うけど。……あのさ。そろそろ、ちゃんと部屋探そ？」

「…………え？」

ウキウキとスマホで写真を撮っていた俺の手が、ぴたっと止まった。

「俺の仕事も一段落したし、また定時で帰れそうだからさ。いいかなって。ネットで見てもいいんだけど、やっぱり直接不動産屋で話も聞きたいし」

「あ、う、うん」

ワインを一口飲んで、将成は俺にむかって、笑った。

「なに、そんなびっくりした顔して」

「や、なんか、……男同士だし、やっぱ同居ってのはなしかなって、勝手に、思ってて……」

一緒に暮らそうっていうのは、女としてつきあってたときに約束してたけど。あれはなんていうか、その後結婚とかにつながっていくイメージでさ。

男で一緒に暮らすっていうのは、その先のイメージもなにも浮かばないから、なんか、もう別にないのかなって、ほんと……ひとりで、思い込んでた。

「別に、男に戻ったからって、やめるわけないのに。……なぁ、俺と、一緒に暮らそ？」

甘えた口調と表情でそう言われて、思わずぐって言葉に詰まった。

だって、それ、反則だってば。

かっこいいのに、可愛いっていうか。

「嵐、ダメ？」

慌てて首を横に振って、俺は、「いいよ」と答えた。ヤバい。頬熱いし。

「そか。……やったぁ！」

わざわざガッツポーズまでとらなくても……恥ずかしいなぁ。

「声、でかいって」

「だって、嬉しいからさ。……あ、美味い」

大きめに切ったハンバーグを、まるごと口に運んで、もぐもぐしながら目を細める。唇についたソースを舌先が舐めとる動きまで、なんだか野性的で、セクシーに見えるから困ってしまう。

ハンバーグ食べてるだけでドキドキするって、俺も相当末期だ。

「嵐、ほんとに腕あげたなぁ」

「あ、ありがと。……まぁ、レシピは見たけどな」

「それは俺だって見るよ。あ、にんじんも美味い」

旺盛《おうせい》な食欲を見せる将成を前に、ドキドキしながら、俺も手作りのハンバーグを平らげた。

……この後、俺も食われちゃうんだよなって。

ワインよりも、その期待と予感が、俺を酔わせるみたいだった。

「ぁ、……っ」

我慢できずに、声がもれた。

電気を消して、布団に横になって。

服は、将成が脱がしてくれた。

真っ平らな胸を見せるときは、女のときとはまた別の緊張をしたけど……。

だってさ、やっぱり、がっかりするだろうと思うし。

なのに。

「も、もぉ……あんま、面白く、ないだろ？」

「ううん？　男でも感じるんだなって、楽しいけど」

「やっ、ぁ！」

きゅってつままれて、また腰が跳ねちゃう。

たしかに、敏感さだけは女のときのそのままみたいで、乳首を将成が舐めたり弄ったりするだけで、気持ちがよすぎて。

その上、アレ、まで。

「……ふ、ぁ……」

「……嵐のちんこ触るのって、初めてだな、さすがに」

「あ、当たり前、だろっ！」

他人になんて、そうそう触らせるわけないし！

 っていうか……。

「マジで……抵抗、ないんだ、な」

「うん。ちっちゃくて、可愛いし」

「ちっちゃい、は……よけ、い……は、ぅっ」

強弱をつけて揉まれて、言葉が途切れた。

同じ男だから、どこが弱いかなんてわかってる。くびれをくすぐったり、先端を親指でぐりぐりと刺激されるとか、も、もう……。

「ふ、ぁ……きもち、い……」

頭の芯《しん》が、ぐずぐずに溶ける……みたいな。

息が弾んで、ドキドキして、止まんない。

「なんか、さ」

「……？」

「嵐の、二度目の初めても俺なんだなって思うと、すげぇ興奮する」

掠れた低い声で囁かれて、かぁって、全身がさらに熱くなった。

そのまま、何度も、何度も。息がつげないほど、キスされて。

愛されてるって、全身で教え込まれてるみたいだった。

「ぁ、しょお、せ」

「なに？」

「お、俺にも……させ、て？」

うまく動かない身体で、なんとか起き上がろうとするけど、「んー」と将成は小さく唸って、俺を布団に軽々と押さえ込んでしまう。

フェラチオは、女のときに、したことあるし。

俺は、全然イヤじゃなかった。むしろ、将成が気持ちいいなら、嬉しいって思う。

それに、今はなんていうか、その……サービスしないと悪いかなって気持ちも、どっかにあった。でも。

「もうけっこうヤバいからなぁ」

そう苦笑して、将成が、股間のアレを俺の太ももあたりに押しつける。

がっちり、堅くなってる肉の感触は、将成の正直な欲望だから。

「……よか、ったぁ」

ほんとに、ちゃんと欲情してくれてるんだ。

嬉しいし、愛しくて。俺は手を伸ばして、将成のアレを撫でさすった。

たくましくて、俺より二回りくらいデカい。その感じは、もうとうに知ってるけど、でも……男でも、ちゃんと受け入れられるかは、不安もある。

「だから、心配いらないって言っただろ。むしろ、ちゃんとお前のほう、慣らさないとな」

「う、うん……」

お互い、一応男同士のセックスについて、調べてはいる。

男女じゃないってことは、自然にまかせてできるわけじゃない。

とはいえ、調べてみてわかったのは、案外動物の世界は、男同士での性行為もありうるってことだったりして。

不自然だなんてこと、誰にも言い切れないんだなぁって、思った。

男だろうと女だろうと、欲しいって思えば、それでいいのかもしれない——。


「嵐、その格好、セクシーだな」

「し、仕方ないだろ……一番、楽だっていうし……!」

「褒めたのに」

くくっと、将成が喉《のど》の奥で笑った。

うつ伏せになって、膝を立てて、腰だけをあげたポーズ。

全部丸見えになってるだろうことを想像すると、恥ずかしくて気が遠くなりそうだけど……。

「ぁ、……っ、……」

冷たいローションを、これでもかってくらい使って。俺の孔を、将成の指が念入りにほぐしてくれる。

ローションのぬめりのおかげで、痛みはほとんどない。かわりに。

「痛く、ないか？」

「な、い……。た、だ……なんか、……へ、ん……」

孔の縁のあたりを撫でられたり、なかに、ぐにゅって入り込まれると、なんか、ぞくぞくって、背筋が痺《しび》れる。

女で性器を弄られてるときとは違うけど、でも……。

「身体……せつな、い……」

振り返って、将成を見上げる。涙が滲んでて、将成の姿は、ちょっとぼやけていた。

そしたら、不意に。

「——ひ、ぁっ」

将成の指が、俺のなかの、イイトコ、を掠めて。

途端に、びりびりって、全身に電流が走った。

「あ、ここがイイとこかな？」

「わか、ん、な……。あ、あんま、いじっちゃ……ぁ、ッ」

「だーめ。もっと、慣らさないと」

「……ん、ぅ……ッ」

優しい分、容赦なく。ローションをなかまで注ぎ込むみたいにして、ぐぷぐぷやらしい音をたてながら、将成が俺の後ろをほぐしていく。

じっくり、たっぷり。

気持ちよすぎて、勃起したまんまのアレから、だらだらと先走りがたれちゃうくらい、まで。

「や、ばい。も、いやぁ……っ、だめに、なっちゃ、ぁ……」

も、アタマ、溶けてる。バカになってる。

早く、早く、して。入れて。

俺の、女性器みたいになってる部分が、もう知ってる快感を欲しがって、ひくひく疼いてる。

あの、あっつくて、おっきいの、ちょうだい、って。

将成で、俺の身体のなか、いっぱいにして、って。

「……もう、いっか」

ようやく、将成が指を引き抜く。でも、もう将成の息も荒かった。

我慢して、興奮してんだなって、わかるから。俺もますます、煽《あお》られる。

「う、ん……はや、く……っ」

「ん。挿《い》れる、よ」

「…………っ」

お互い、がっちがちに緊張してた。

将成の、めっちゃ勃《た》ってるアレが、押し当てられて。

——その、まま。

「ぁ、あ、あ、あ…………ッ」

「はい、った……けど……キツい？」

「ちょ、っと……で、も……やめ、ない、で」

「やめ、ない」

掠れた声で答えて、その、まま。

もっと、奥……まで。

「ひ、……、——っ」

ぐいって。

入って、きて。いっぱい。

嬉しく、て。

「……嵐、今……ナカで、イった?」

「わかん、ない……けど……きも、ち……ぃ……」

「そ、っか。……じゃあ、もっと、な」

そう、言って。

腰をひいて、また、奥、まで。

「しょぉ、せ……ぇ……っ。すっご、い……ぃ……っ!」

「は、ぁ。俺、も……。男、も……気持ち、いい」

「ぅ、ん、ぁ、あッ」

腰を回すように使われて、ナカ、かき回されて。

弱いところをぐりぐり押されたら、もぅ……っ
「ぁ、ま、た……イ、く……ぅ、イっちゃ、……ぅ……っ」

枕にしがみついて。自分から、腰、ふって。

身体中、ぐっちゃぐちゃに、なって。

「ら、ん……出す、ぞ……」

「ひゃ、ぅ、ぁ、あっ」

後ろから、両腕が、摑まれて。

――思いっきり、奥で。

将成が、弾《はじ》けた。

ドクドクと、アレが脈うつたんびに、熱いものが、まき散らされてるのが……わか、る。

俺……男でも……将成のものに、なれたんだ、なぁ……。

……よかった。


身体ごと、心まで混ざりあうみたいなセックスの後、心地よい気だるさを感じながら、ぼんやりと俺は目を閉じていた。

将成は隣で、ペットボトルの水をごくごくと飲み下している。

「ほら。嵐も、飲んで」

「あ……うん」

起き上がろうとしたら。不意に、キスされて。

そのまま、唇を伝って、水が口のなかに入ってくる。

一瞬溺《おぼ》れるんじゃないかって思ったけど、なんとか落ち着いて、ゆっくり、少しぬるいそれを飲み下した。

「ん」

ひな鳥に餌《えさ》を与えた親みたいに満足げにしてる将成を、俺は照れながら軽く睨みあげる。

「なんだよ」

「く、口移しって……恥ずかしいな、もぉ」

そんなまね、女のときだってしてないのに。

……いや、違うか。将成にとっては、『女のとき』とか、関係ないんだ。

ただ、俺に、したいってことを、してるだけなんだろう。

「……本当に、杞憂《きゆう》ってやつだったんだなぁ」

「ん？　ああ、そうだな。嵐、大丈夫そうでよかった」

「え？」

なにが？

「入るかどうかってことだろ？　俺も、心配だったし。でも、問題なかったな」

あ。

そ、そうか。そっちか。

「う、うん。初めてだったけど……正直、痛いとか、あんま……」

かなり時間をかけてくれたおかげか、異物感はあっても、苦痛はなかった。

むしろ、めちゃめちゃ感じてた自覚はあるし……。

照れて黙り込んだ俺に、ふふって、将成が笑って。

まだ火照《ほて》ったままの額に、ちゅってキスしてくれた。

「そうだな。また『初めて』くれて、ありがとな」

正直、その言い回しって、ちょっとおっさんぽいなって思わなくもない、けど。

ただ、確実なことはあって。

「っていうか、さ。……これまでも、これからも、俺の『初めて』は、全部将成のものだよ」

さすがに気恥ずかしいけど、でも。

「誕生日、おめでと」

まるごとの俺を、全部、将成にあげる。

男とか女とかじゃなくて、ただ、俺っていう『人間』を、あげる。

そんな想いをこめて、俺はそっと、将成に口づけた。

「ありがとな。……愛してる、嵐」

「俺、も……」

俺も、ただ、将成っていう『人間』を、愛すから。

将成が俺に、そうしてくれたように。


これからも、ずっと。

あとがき

読んでいただき、ありがとうございます。ウナミサクラです。

今回はBLとしてはキワモノの類いという自覚はありますので、いつにもまして、本当に、手に取ってくださってありがとうございます!!

テーマとしては、男とか女とかより、愛情が大事よね、ということでして……一応……。

ただ、書いていてとても楽しかったので、次はふた○りとかにも挑戦したいとも、密かに野望を抱いています。

読者様からの、忌憚なきご意見も頂戴できれば幸いです。よろしくお願いします!

素敵なイラストを描いてくださった猫の助先生、私のチャレンジを快く受け入れてくださった担当様、いつも私の創作の手助けをしてくれる友人諸氏にも、心から感謝いたします。今後とも、よろしくお願いいたします。

それでは、皆様のご健康と幸運をお祈りしつつ。またどこかでお会いできますように。

ウナミサクラ

ラルーナ文庫

この本を読んでのご意見・ご感想・ファンレターなどお待ちしております。〒111−0036 東京都台東区松が谷1−4−6−303 株式会社シーラボ「ラルーナ文庫編集部」気付でお送りください。

本作品は書き下ろしです。

にょたリーマン！
~スーツの下《した》のたわわな秘密《ひみつ》~

2017年11月7日　第1刷発行

著　　者｜ウナミ サクラ

装丁・DTP｜萩原 七唱

発　行　人｜曺 仁警

発　行　所｜株式会社 シーラボ
〒111-0036　東京都台東区松が谷1-4-6-303
電話　03-5830-3474／FAX　03-5830-3574
http://lalunabunko.com

発　　売｜株式会社 三交社
〒110-0016　東京都台東区台東4-20-9　大仙柴田ビル2階
電話　03-5826-4424／FAX　03-5826-4425

印刷・製本｜中央精版印刷株式会社

　ISBN978-4-87919-003-1